W0384424

Für Alexander
zum 11. Geburtstag
von
Omi.

DAGMAR GALIN:

Kinder, die vom Himmel fielen

Kolumbien ist ein reiches Land; reich an Bodenschätzen, Gold, Edelsteinen und Erdöl, an Kaffee, Zucker, Bananen, Holz und an herrlichen Blumen. Aber es gibt dort unvorstellbar arme Menschen und zahllose ganz arme Kinder, die ohne Eltern im Elend aufwachsen. Pilar und Blanca, fünf und noch nicht drei Jahre alt, gehören zu diesen heimatlosen Kindern, die auf dem indianischen Markt der Hauptstadt Bogota herumstreunen, von Abfällen leben und irgendwo am Berghang in den Elendsquartieren der armen Indios schlafen. Eines Tages werden sie dort aufgegriffen und in ein Heim gebracht, und nach Monaten fliegen sie mit einer ganzen Gruppe solcher Kinder über den Ozean nach Frankreich, wo sie eine Heimat finden: in Familien, die ihnen Geborgenheit geben, bei Adoptiveltern, die ihnen Vater und Mutter sein wollen. Was die beiden Schwestern Blanca und Pilar hierbei erleben, Ernstes und Lustiges, das wird in diesem Buch erzählt.

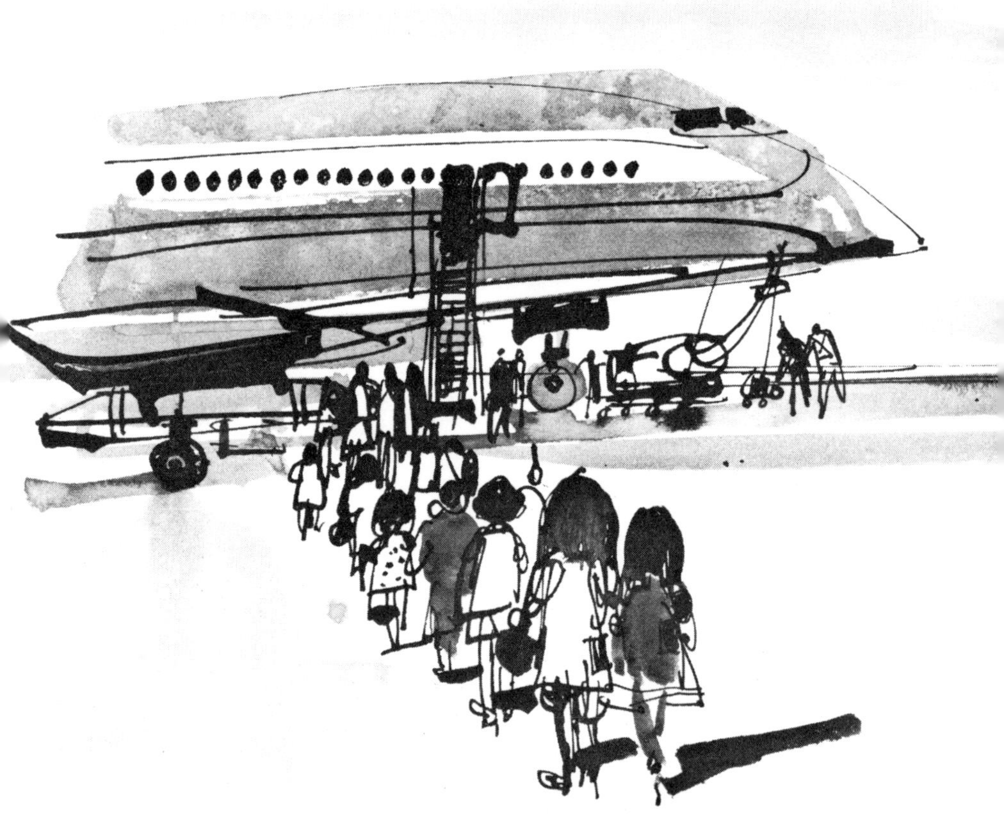

DAGMAR GALIN

Kinder die vom Himmel fielen

W. FISCHER-VERLAG · GÖTTINGEN

Titelbild und Zeichnungen von Kurt Schmischke

ISBN 3 439 00852 5

Gesamtherstellung: Fischer-Druck, Göttingen

INHALT

Für Ana-Pilar und Blanca-Yaneth,

wenn sie eines Tages vielleicht

sogar Deutsch lesen können!

Es war einmal ein reiches Land...

„Meine Damen und Herren, unser Flugzeug wird in wenigen Minuten in Bogota landen. Der Flugplatz El Dorado liegt 2600 Meter hoch. Lufttemperatur 14 Grad, leichter Regen. Wir bitten Sie, das Rauchen einzustellen und sich anzuschnallen. Unser Flugkapitän und die Besatzung heißen Sie auf dem südamerikanischen Kontinent willkommen und wünschen Ihnen einen angenehmen Aufenthalt in Kolumbien."

„Brrr!" rief der dicke Geschäftsmann, während er seine Zigarre ausdrückte, „immer dasselbe hier: man fliegt zum Äquator und holt sich einen Schnupfen! Gottlob, ich fliege ins warme Tiefland weiter, bin in der Kaffeebranche."

„My dear, haben wir überhaupt Regenschirme mitgenommen?" fragte eine Touristin aus Texas, die einen blumengeschmückten Hut und eine mit Diamanten eingefaßte Brille trug, ihre Nachbarin, die sich ganz ähnlich aufgemacht hatte.

Aber diese hörte nicht. Sie preßte ihre Nasenspitze ans Fenster und starrte hinaus. Einstweilen sah sie nichts als wogende Wolken, in die das Flugzeug immer tiefer eintauchte. Sie hätte so gern wenigstens eine kleine Spitze, einen kleinen Zacken von dem gewaltigen Gebirge der Anden gesehen, über das sie flogen. Aber nichts als Wolken und Nebel!

Immer mehr senkte sich jetzt das Flugzeug. Die Fahrgestelle klappten heraus.

Plötzlich zerriß das Weiß. Sie sah unter sich, eng aneinandergedrängt, die Häuser von Bogota, und dazwischen die Bänder der Straßen. Alles erschien noch so klein wie Spielzeug.

„Oh! Wonderful!" sagte sie gedehnt. Noch einmal sah sie in den bunten Reiseprospekt, den sie den ganzen Flug über nicht aus den Händen gelassen hatte. Abwechselnd blickte sie nach draußen und in den Prospekt und las murmelnd, als müsse sie es auswendig lernen:

„Kommen Sie nach Kolumbien! Wer Kolumbien kennt, kennt Südamerika, denn es vereint alles in sich, was dieser Kontinent ist . . .

Kolumbien ist ein Traum, den Sie nie wieder vergessen werden! Das Land des Goldes, der Smaragde, des weltberühmten Kaffees, aber vor allem das Land der tausend Landschaften: schneebedeckte Hochgebirge, in denen der

Kondor haust, sonnenverdorrte Steppen, über die Rinderhirten ihre riesigen Herden treiben, Flüsse mit grünen Ufern, unberührter Urwald des Amazonas, in dem Orchideen von unglaublicher Schönheit blühen, der Jaguar und der Tapir lauern und bunte Papageien schwirren, palmenumrauschte Meeresküsten unter ewig blauem Himmel, ideal für jegliche Art von Wassersport ..."

Größer und größer wurden die Häuser unter ihnen. Man konnte Einzelheiten erkennen und die Autos auf den Straßen fahren sehen.

„... und besichtigen Sie Bogota, die ultramoderne Hauptstadt Kolumbiens! Ihr Kulturleben, ihre zahlreichen Universitäten, ihre Theater, ihr einmaliges Museum, das alte indianische Goldarbeiten ausstellt. Ausgezeichnete Hotels mit internationalem Luxus erwarten Sie dort, exklusive Golf- und Reitclubs ...

Doch wenn Sie Zeit haben, versäumen Sie auch nicht, beim Karneval und auf dem indianischen Markt mit der malerischen und fröhlichen Bevölkerung Kontakt aufzunehmen!"

„Oh! Wonderful!" seufzte auch ihre Nachbarin, während das Flugzeug zum Landen ansetzte. „Kondor! Jaguar! Orchideen! Smaragde! Gold! Karneval! Indianischer Markt! Was für ein schönes, reiches Land, Mabel!"

„Habe ich eigentlich einen Film in meine Kamera eingelegt?" sorgte sich Mabel.

Das Flugzeug war direkt über den indianischen Markt geflogen. Aber die Marktfrauen, die dort zwischen ihren Waren auf dem Boden hockten, hatten nicht einmal den

Kopf gehoben. Sie sahen überhaupt aus, als seien sie auf nichts im Leben neugierig. Ihre mongolisch geschlitzten Augen waren halb geschlossen. Wie riesige Pilze wirkten sie mit ihren vielen Röcken übereinander. Nach Landessitte trugen sie eine Art Männerhut auf dem Kopf. Vielen blickte ein braunhäutiges Baby über die Schulter, das sie auf dem Rücken festgebunden hatten ...

Die Hausfrauen von Bogota gehen gern auf dem „indianischen Markt" einkaufen, obwohl sie sonst nichts mit Indianern im Sinn haben. „Indio", das ist das schlimmste Schimpfwort, das man jemandem an den Kopf werfen kann. Das sind zerlumpte, schmutzige, faule, meist betrunkene Leute, denen man aus dem Weg geht oder die man für sich arbeiten läßt. Es ist in Bogota gar nicht schick, sonnengebräunt auszusehen; lieber schmiert man sich Talg ins Gesicht, um ja nicht in den schrecklichen Verdacht zu kommen, Indianerblut zu haben!

Abgesehen davon kauft man auf dem indianischen Markt am besten und am billigsten ein: Kartoffeln, Gemüsebananen, Maniok, rote Bohnen, Mais oder etwa auch lebendes Geflügel, das an den Beinen zusammengebunden schicksalsergeben und leise kakelnd neben den Röcken der Marktfrauen liegt ...

Zwischen den Hausfrauen, die langsam und wählerisch mit ihren Henkelkörben dahingingen, huschten andere Kunden einher: Kinder jeden Alters, barfüßig, zerlumpt, verlaust. Sie waren wie Mäuse, leise, pfiffig und immer auf der Hut. Mit flinken Fingern wühlten sie in den Abfällen, wagten einen Griff in einen Korb, verschwanden im Gedränge und tauchten ebenso plötzlich wieder auf, wenn sie keine Gefahr mehr witterten. Doch sie vergaßen alle Vorsicht, sobald Streit unter ihnen entstand.

Ein Junge mit starrem Schwarzhaar, sechs oder sieben Jahre alt, wer konnte schon das genaue Alter sagen, ein ulkig aussehender Bursche mit einer Hose, die aus einem alten Kartoffelsack bestand, streckte gerade die Hand nach einer halbverfaulten Banane aus.

Doch eine andere Hand, ebenso braun, zerschrammt und schmutzig wie die seine, kam ihm zuvor. Sie gehörte einem etwa fünfjährigen Mädchen, das ein anderes kleines Mädchen, fast ein Baby noch, hinter sich herzog. Sie trug ein Kleid von unbestimmter Schmutzfarbe, eigentlich verdiente es gar nicht den Namen Kleid. Es war so groß, daß nur die nackten Füße hervorsahen. Durch die Risse ringsum sah man, daß sie trotz des Nieselregens nichts weiter auf der Haut trug. Ihr einziger Schutz war ein Männerhut, der fast ihre geschlitzten Augen verdeckte. Wer sie so sah, mußte sich fragen: Was ist denn das für ein kleines Ungetüm? Hat es überhaupt Arme und Beine? Ist das überhaupt ein richtiger Mensch? Oder was soll das sein?

Das Mädchen — denn es war tatsächlich eins — und der Junge zerrten an der Banane, bis sie ihnen als Matsch zwischen den Händen blieb.

„Meins!"

„Nein! Meins!"

„Heh! Antonio!" flüsterte ein anderer Straßenjunge, der vorbeihuschte. Ein Pfiff. Antonio ließ die Banane los und schien gleich darauf vom Erdboden verschluckt zu sein. Flüchtig sah man noch einmal den roten Flicken auf seinem

Hosenboden aufleuchten, wie das Schlußlicht eines Autos. Zwei Hausfrauen, die, von ihren indianischen Dienstmädchen begleitet, dahinschlenderten, fühlten sich beiseitegeschoben. Sie griffen automatisch nach ihren Geldbörsen.

„Diebesvolk!"

Das kleine Mädchen mit dem Männerhut setzte sich auf die Erde und teilte den Bananenmatsch mit dem Schwesterchen. Das Geschimpfe der Damen verstand sie nicht. Sie stahl keine Geldbörsen, denn sie wußte noch nichts von Geld. Sie wollte nur immer essen, so schnell und so viel wie möglich; denn wie konnte sie wissen, ob sie so bald wieder etwas zu essen fand? Viel zu viele Kinder gab es und viel zu wenig zu essen. Und es gab so viele, die größer und stärker waren als sie ...

Aber heute war wohl ein guter Tag. Eine Orange, kein bißchen verfault, lag plötzlich neben ihr. Verstohlen sah sie sich um. Nein, die Orange schien keinen Eigentümer zu haben, niemand schien sie zu beanspruchen. Sie legte vorsichtig die Hand darüber und ließ sie so unter ihr Kleid rollen. Dann wartete sie einige Minuten ab. Nichts geschah. Nun gut, mochte sie denken, wir werden ja sehen. Sie holte die Orange hervor und biß hinein. Als sie merkte, daß niemand sie ihr vom Munde riß, wurde sie ganz mutig, ihre Zähne durchbissen die Schale, der süße Saft lief ihr aus den Mundwinkeln.

„Auch!" sagte das Schwesterchen. Was für ein angenehmer Augenblick war das für beide!

Aber da tauchte eine Hand auf, griff unter ihr saftbeschmiertes Kinn und hob es hoch. Sie erschrak zu Tode.

Zum Weglaufen war es zu spät. Sie war gefangen. Am besten war es also noch, nicht zu sehen, wem diese Hand gehörte. Sie machte sich ganz starr und versuchte, den Kopf so weit wie möglich auf die Brust zu senken, so daß man von ihrem Gesicht nichts sehen konnte unter dem großen zerlöcherten Hut.

Aber die Hand war beharrlich und hob ihr den Kopf mit sanfter Gewalt.

Vor sich sah sie das Gesicht einer Frau, die keine Indianerin, sondern eine Señora war. Eine leise Stimme fragte sie: „Wie heißt du, mein Kind?"

Rasch senkte sie den Blick wieder und schwieg. Was wollte die? Gehörte der die Orange?

„Wie heißt du, mein Kind?" wiederholte die Fremde. Sie wiederholte die Frage noch dreimal, ohne die geringste Antwort zu bekommen. In dem gleichen leisen Ton fragte sie weiter: „Wo wohnst du? Wo sind deine Eltern?"

Noch nie hatte jemand sie so etwas gefragt. Wie zwei Pilze saßen sie da, sie und ihr Schwesterchen, unbeweglich, mit geschlossenen Lidern, und warteten, daß das Unheil vorüberginge; sie stellten sich tot wie zwei Käfer in Gefahr.

Endlich fühlte sie die fremde Hand nicht mehr. Vertraute streitende Stimmen meldeten ihr, daß Antonio mit einer ganzen Bande zurückgekommen war. Sie schielte zur Seite. Viele schmutzige Kinder bildeten ein Knäuel um Antonio.

Antonio, so klein er war, war doch schon eine wichtige Person unter den „gamines", den Straßenkindern des Marktes. Er war nicht der Gerissenste und der Böseste. Aber er hatte seine Augen überall, und wenn er selbst für sich genug hatte, gab er auch den anderen ab. Letztlich war er darum doch schlauer als der böse Pedro, der nur um sich schlug und Fußtritte verteilte; denn alle waren seine Freunde, und wenn er irgendwie in der Klemme war, kamen sie wie die Mäuse von allen Seiten herbeigehuscht, um ihm herauszuhelfen.

In diesem Augenblick verteilte er irgend etwas, und über die Köpfe hinweg winkte er und rief: „Heh, Pilar! Komm auch!"

Pilar wagte einen Blick. Die Fremde stand immer noch da und blickte sie an. Wenn sie jetzt hier sitzenblieb, war nichts mehr für sie übrig. Sie vergaß über diesem entsetzlichen Gedanken die Gefahr und sprang auf. „Pilar auch! Pilar auch!"

„Blanca auch!" rief das Schwesterchen und kroch eilig hinter Pilar her, die sich schon mit beiden Armen in die Schlacht geworfen hatte.

In der Tat kam sie zu spät und konnte nicht einmal erfahren, um was es sich gehandelt hatte. Und das alles wegen der fremden Frau!

Sie drehte sich um.

Die Fremde stand noch immer am selben Platz und blickte sie an.

Auch Antonio beobachtete das, denn er hatte seine Augen ja überall. Er runzelte die Stirn. Von fremden feinen Leuten kam nie etwas Gutes; sie hatten immer recht, und man selbst hatte immer unrecht.

„Heh, Pilar, lauf weg!" flüsterte er.

Sie umfaßte die kleine Blanca, die nicht mehr laufen wollte, mit ihren Armen und trottete mit ihrer Last so schnell wie möglich davon, den Hang empor . . .

Die armen Indios von Bogota wohnen am Berghang in einem Gewimmel von Wellblechbaracken, zwischen denen Rinnsale von Schmutzwasser zu Tal fließen. Keine der feinen Hausfrauen vom indianischen Markt hat jemals einen Schritt in diesen stinkenden Unrat getan, und auch die Polizei läßt sich hier nicht sehen. „Da kann man nicht hingehen!" sagen die Bürger von Bogota, „da kriegt man sofort ein Messer in den Rücken! Sollen die sich ruhig untereinander abschlachten und im Dreck ersticken! Eine Schande!" Im Reiseprospekt von Miss Mabel aus Texas hatte darum auch nichts von diesem Stadtteil gestanden . . .

Hier aber atmete Pilar freier. Ihr ängstliches Herz hörte auf, zu schnell zu klopfen. Ohne Ekel watete sie durch den schmutzigen Matsch.

Aus allen Hütten ertönte Lärm, Geschrei und Musik aus Transistorradios. Die meisten hatten keine Fenster, so waren alle Türen trotz des kühlen Wetters offen, manche halb von einem Sack verhängt. Innen sah man Hängematten, in einigen schliefen Männer, den Hut aufs Gesicht gelegt. Die Hängematte war das einzige Möbelstück, außer ein paar Haken für die Kleider, und ersetzte die Betten für die ganze Familie.

Auf dem Weg kochten die Frauen Essen. Sie hatten zwischen ein paar Steinen ein Feuer angefacht und den Topf darauf gestellt. Was gab es zu essen? Bohnen und Reis, Bohnen und Reis. Andere schleppten Wasser herbei, auch kleine Mädchen trugen Eimer auf dem Kopf, die fast so groß waren wie sie selbst. Sauberes Wasser war kostbar und selten und wurde von weither geholt.

Zwischen den Wasserträgerinnen, den Feuerstellen, den Baracken und den Pfützen sprangen Kinder umher, Banden von Kindern, Horden von Kindern, ganze Schwärme von Kindern. Sie spielten Fußball mit verrosteten Kanistern, prügelten sich im Schlamm, die Kleineren wärmten sich die Hände an den Feuern.

Vor einer Wellblechhütte, die eine Einfassung aus rostroten Benzinkanistern hatte, blieb Pilar zögernd stehen. Sie setzte Blanca auf die Erde. Dann ging sie langsam hin und her, als wüßte sie nicht recht, was sie machen solle. Sie versuchte, einen Blick in das Innere der Hütte zu werfen. Dort ertönte ohrenbetäubende Transistormusik.

Schließlich setzte sie sich nieder und seufzte. Ein Zug der Verzweiflung erschien auf ihrem Gesicht, so daß sie aussah wie eine kleine alte Frau. Blanca weinte jetzt. Sie zog sie auf ihren Schoß, putzte ihr die Triefnase mit einem Kleiderzipfel und wiegte sie. „Scht! Scht!"

Eine Frau mit zwei Wassereimern keuchte vorbei, blieb stehen, schüttelte den Kopf und ging weiter. Pilar senkte den Kopf. Ihr plattes braunes Gesicht blieb unbeweglich, aber zwei Tränen quollen wie von selbst aus ihren Augen und rollten über ihre Wangen. Sie wiegte weiterhin ihr Baby. „Scht! Scht!" Ein Schatten fiel auf sie. Als sie den Kopf hob, stand wieder die Fremde vor ihr.

„Wohnst du hier, mein Kind?"

Pilar rutschte so heftig zurück, daß sie mit dem Rücken gegen eine verrostete Tonne stieß, die umfiel und mit Holterdipolter gegen den Türrahmen rollte. Sofort erschien eine Frau in der Tür, mager und böse.

„Da seid ihr ja schon wieder, macht, daß ihr fortkommt! Werdet ihr endlich aufhören, vor meiner Tür herumzulungern! Husch, verschwindet!"

Sie klatschte in die Hände, als wollte sie streunende Hunde verscheuchen. Pilar und Blanca standen auf, ohne sich zu sehr zu beeilen, sie waren offenbar gewöhnt an diese Szene.

Die Fremde legte Pilar die Hand auf die Schulter und fragte: „Gehören Ihnen diese Kinder?"

Die Frau mit den Wassereimern drehte sich um, stellte die Eimer nieder und kam näher.

„Mir?" rief die Frau in der Tür. „Gott behüte mich, ich habe selbst genug von der Sorte! Kenne die Gören gar

nicht, habe sie nur ständig vor meiner Tür, sogar nachts, eine wahre Pest."

„Kennen Sie ihre Eltern?"

Die Frau wich dem fragenden Blick aus. Schon wollte sie antworten, was das denn die Leute anginge, die hier nichts zu suchen hätten, als die Frau mit den Eimern nähertrat und sich einmischte: „Die Kinder haben vorher in dieser Hütte gewohnt, und sie kommen immer noch zurück."

„Na und?" rief die Hüttenbesitzerin. „Jetzt wohne ich hier mit meiner Familie, und damit basta!"

„Und wo sind die Eltern der Kinder geblieben?" fragte die Fremde hartnäckig.

Beide Frauen sahen sie jetzt verächtlich an. „Woher soll man so etwas wissen? Das kommt, das geht, das hängt seine Hängematte auf, das stirbt vor Hunger und vor Kälte, das verschwindet . . ."

„Irgendwo aus den Bergen sind sie gekommen, arme Bauern ohne Land, wie wir fast alle hier, die nicht einmal mehr eine Schale Bohnen zum Leben hatten. Und dann denkt man, in der großen reichen Stadt muß es Arbeit und Brot für uns alle geben . . ."

„Da war die Mutter und der Großvater, aber der ist gleich gestorben, was sollen hier auch alte Leute . . ."

„Und der Vater?" unterbrach die Fremde.

„. . . soll oben in den Bergen den Partisanen Unterkunft gegeben haben, man soll ihn erschossen haben, aber was weiß man, am besten mischt man sich da nicht ein . . ."

„Vielleicht ist die Mutter auch tot?"

„Warum soll die tot sein? Die war jung und stark! Irgendwo ist sie verschwunden, vielleicht ist sie arbeiten gegangen. Aber das ist schon so viele Monate her."

„Und warum hat sie die Kinder hiergelassen?"

Eigentlich hatten beide Frauen jetzt genug von den neugierigen Fragen. Es kam nie etwas Gutes heraus, mit Fremden zu viel zu sprechen, sie drehen einem das Wort im Munde um, und hast du nicht gesehen, landet man vielleicht noch auf der Polizei. Die magere Frau drehte sich um und verschwand wieder im Innern ihrer Hütte. Dort drehte sie das Radio noch lauter und begann obendrein dazu zu singen.

Die andere griff schon wieder nach ihren Eimern, doch die fremde Frau war wirklich hartnäckig, sie faßte sie am Ärmel, hielt ihr lächelnd einen Geldschein hin und wiederholte: „Warum hat sie die Kinder hiergelassen?"

„Warum? Warum? Es gibt allerlei Orte, da kann man Kinder nicht mitnehmen. Hier konnte sie ja auch nicht ewig bleiben, wovon sollte sie denn leben? Mit Kindern ist es etwas anderes, die schlagen sich immer durch. Oder auch nicht, aber es gibt ja so viele davon! Vielleicht ist sie mit einem Lastwagen weggefahren, die kommen manchmal von weither, zur Zeit der Kaffee- oder Zuckerrohrernte. Wer Glück hat und jung und kräftig ist, der wird aufgeladen, und fort geht's, viele Tage weit ... Da käme man schön an, wollte man seine Kinder mitschleppen!"

„Vielleicht kommt sie wieder zurück?"

„Wie soll sie denn wieder zurückkommen? Man transportiert sie hin, aber doch nicht wieder zurück, das sind doch keine Taxis! Und von dem, was sie da am Tage verdient, kann sie sich gerade ihre Bohnen und ihren Reis zum Leben kaufen, aber keine Fahrkarte wie eine Dame."

„Die Kinder haben also niemanden mehr auf der Welt?" fragte die Dame und blickte zu Pilar und Blanca hinab, die wieder unbeweglich dastanden wie zwei kleine Pilze.

„Pah! Die Madonna beschützt sie!" seufzte die Frau, machte eine weite Handbewegung in die Runde, nahm ihre Eimer wieder auf und ging davon.

Inzwischen hatten sich einige Leute angesammelt. Kinder waren neugierig näher gekommen. In den Türen erschienen Frauen, die die Arme kreuzten und die Fremde anstarrten. Die Köchinnen an den Feuerstellen tuschelten und blickten herüber. Die Señora verstand, daß sie nicht länger bleiben konnte. Sie griff nach Pilars Hand, beugte sich zu ihr hinab und fragte leise: „Wollt ihr mit mir kommen, Kinder?"

Pilar fühlte, daß die Hand sie sanft zog. Sie riß den Kopf vor und biß mit aller Kraft hinein. Die Fremde stieß einen Schrei aus und zog ihre Hand zurück.

Ringsum ertönte Gelächter.

Sie blickte in einen Kreis feindseliger Gesichter, sprach sich Mut zu und dachte: Diese Menschen, die so böse aussehen, sind nicht böser als alle anderen Menschen. Aber Menschen, die so aussehen wie ich, haben ihnen niemals erlaubt, wie Menschen zu leben. Sie kennen nur den Haß. Wenn sie mich jetzt niederschlagen, ist es verzeihlich.

Doch niemand tat ihr etwas. Durch ein Spalier gekreuzter Arme und unbeweglicher Gesichter ging sie davon.

Pilar sah ihr aus ihren schwarzen Schlitzaugen nach. Sie verstand das alles nicht.

Und hatte die Fremde nicht noch am Ende rasch gesagt: „Ich komme wieder, meine Kleine!"?

Ein Stück Brot

Wie ein Floh hüpfte Antonio durch das Gedränge des Marktes. Kaum tauchte irgendwo seine Kartoffelsack-Hose mit dem roten Flicken hinten auf, so sah man ihn auch schon wieder drei Ecken weiter um etwas feilschen, eine Bande anführen, in einem Abfallhaufen wühlen oder auf dem Pflaster sitzen und seine Beute verzehren. Er war wirklich der geheime König des indianischen Marktes.

Pilar kam mit ihrem Baby angetrottet, setzte sich ihm gegenüber in den Rinnstein und sah trübsinnig zu, wie er einen großen Apfel aß. Ihr Magen knurrte. Blanca hustete und hatte eine Triefnase. Es war ein schlechter Tag.

In diesem Augenblick kamen zwei große dünne Touristinnen über den Markt. Man erkannte sofort, daß es sich um Amerikanerinnen handelte, an ihren Blumenhüten, ihren Brillen, die mit glitzernden Steinen eingefaßt waren, und an den Fotoapparaten. Sie blieben vor einer Marktfrau stehen, die in ihren vielen Röcken fast verschwand und versteinert wie ein Götze vor sich hinblickte.

„Wie malerisch, Jane!"

Klick! machte Mabels Fotoapparat.

Antonio sprang auf und drehte sich vor ihnen hin und her, so daß sie seine herrliche Hose von allen Seiten bewundern konnten. Sie fanden wirklich Gefallen an diesem Schauspiel.

„Wie lustig, Jane!"

Klick! machte Mabels Fotoapparat.

Da streckte Antonio die Hand aus und rief: „Foto, Miss — money, Miss!"

„So etwas Aufdringliches!" sagte Mabel enttäuscht. „Gib ihm einen Peso, Jane, damit wir ihn loswerden." Jane gab Antonio einen Peso und einen strengen Blick. Sie gingen weiter.

Antonio versteckte das Geldstück irgendwo in den Falten seines Kartoffelsacks, setzte sich wieder in den Rinnstein und verzehrte weiter zufrieden seinen Apfel.

„Wenn ich genug Geld zusammen habe", sagte er zu Pilar, „kaufe ich mir einen Kasten mit Bürsten und Lappen und Schuhcreme. Und dann stelle ich mich auf den großen Platz drüben und putze die Schuhe der reichen Leute und verdiene viel Geld."

Pilar schwieg mürrisch.

„Ich gebe dir dann auch was ab", versprach Antonio gutmütig.

Pilar blickte hungrig auf seinen Apfel.

Antonio kämpfte mit sich. Es war leichter, zukünftigen Reichtum zu teilen als einen schönen süßen Apfel, den man in der Hand hielt. Aber er war schließlich kein Engel. „Bestimmt gebe ich dir dann was ab", beteuerte er noch einmal und biß von neuem in seinen Apfel.

Da stand die fremde Frau wieder vor Pilar und lächelte auf sie herab.

Pilar senkte den Kopf, aber sie lief nicht davon. Vielleicht hatte sie sogar ein bißchen auf die Dame gewartet?

„Guten Tag, Kleine", sagte diese. Sie nahm ein weißes, sauberes Tuch aus der Tasche und putzte der kleinen Blanca damit die Nase.

Blanca lachte, als sie sah, daß sie das Tuch behalten durfte.

„Du hast sicher noch nichts gegessen, Kleine", wandte sich die Frau an Pilar. „Ich habe euch etwas mitgebracht." Und sie hielt Pilar ein Stück Brot unter die Nase.

Brot! Es war goldbraun und knusprig außen und weiß und wolkig innen. Es duftete. Ihre Nasenlöcher weiteten sich, das Wasser lief ihr im Munde zusammen. Schon griff Blanca danach, stopfte es in den Mund, ihre Wangen weiteten sich von innen und sahen aus, als wollten sie platzen.

Die Fremde hielt Pilar ein zweites Stück Brot hin. Doch nein, sie wagte nicht zuzugreifen.

Da fiel ihr Blick auf Antonio. Er hatte immer noch seinen Apfelrest in der Hand, aber er aß nicht mehr. Er starrte Blanca an, und ohne daß er es merkte, machte sein Mund ihre Kaubewegungen mit. Was war ein lächerlicher Apfel gegen solch ein Stück Brot!

Pilar nahm es und aß.

„Noch ein Stück?"

Sie nickte, aß und blickte ab und zu Antonio an. Der mit seinem Apfel!

„Möchtest du auch Milch trinken, mein Kind?"

Sie nickte.

„Und deine kleine Schwester auch?"

Nicken.

„Möchtest du jeden Tag Brot und Milch haben?"

Nicken. Hörst du wohl, Antonio! Brot und Milch!!

„Dann komm mit mir. Gib mir deine Hand. Hab keine Angst vor mir. Oder muß ich Angst vor dir haben? Beißt du mich wieder? Nein? Gib mir dein Schwesterchen, ich trage es."

Langsam gingen sie über den Markt. Ein paarmal blieb Pilar stehen, als überlegte sie es sich anders. Mehrmals drehte sie sich um. Da war der Markt, und der Markt war wie immer. Sie kannte dort jeden Pflasterstein und jeden Grashalm, der dazwischen wuchs. Jeden Hut, der auf dem Kopf einer Marktfrau saß, und jeden Abfallhaufen am Rinnstein. Als sie jedoch über die Straße gingen und den Markt hinter sich ließen, wurde sie unruhig. Die Dame mußte ihr wieder gut zureden.

„Hab keine Angst. Ich habe Kinder sehr gern. Darum gebe ich ihnen zu essen und zu trinken. Du willst doch Milch trinken, warme Milch?"

Sie nickte.

„Kannst du noch laufen? Ja? Nur noch ein kleines Stück, es ist gar nicht weit. Mit einem Auto ginge es schneller. Aber kein Taxichauffeur würde euch so in seinen Wagen einsteigen lassen, so sind die Leute nun einmal. Achtung, jetzt halten die Autos. Es ist an uns, über die Straße zu gehen . . ."

Als Pilar und Blanca mit der Señora den Markt verließen, sah Antonio ihnen fassungslos nach. Er kratzte sich am Knie, am Kopf, am Rücken und steckte schließlich fast seinen ganzen Zeigefinger ins Nasenloch. Das zeigte, wie nachdenklich und verwirrt er war. Selbst seinen Traum vom Schuhputz-Kasten und zukünftigem Schuhputzer-Reichtum hatte er augenblicklich vergessen.

„Heh, heh, heh", brummte er. Sein zweiter Zeigefinger bohrte sich ins Ohr, aber auch dort fand er keine Lösung.

Wenn Nachdenken nichts nützte, war Handeln immer noch das beste. Er stand auf, stieß mit dem Fuß nach einem mageren Hund, der ihn beschnüffelte, und ging davon. „Heh, Antonio!" rief ihm von der anderen Ecke Pedro-Schielauge zu. Aber er winkte ab mit einer Bewegung, die bedeutete: Laß mich in Ruhe, hab' was anderes zu tun!

An der Straßenkreuzung sah er Pilar und Blanca wieder mit der Fremden. Die war schön und sauber angezogen und paßte überhaupt nicht zu den beiden zerlumpten Schmutzfinken. Was wollte sie nur?

Antonio folgte ihnen.

Sie verließen das vertraute Stadtviertel und erreichten eine breite Straße mit hohen Häusern und vielen Geschäften. Einige Häuser waren so hoch, daß man den Kopf weit in den Nacken legen mußte, um ihr Ende zu sehen. Sie verdeckten sogar die Berge hinter der Stadt. Und sie hatten Fenster über Fenster. Da Antonio nur bis vier zählen konnte, bestand für ihn keine Aussicht, jemals all diese Fenster zu zählen. Fenster waren für ihn etwas Besonderes, denn die Hütten, die er kannte, besaßen meist gar keine.

Hier gab es keine Indianerinnen mit Babys auf dem Rücken und keine Indianer mit Umschlagtüchern und breiten Hüten. Alle Leute waren fein angezogen. Antonio war unbehaglich zumute. Dies war ein fremdes Revier. Niemand kannte und respektierte hier Antonio, den König des indianischen Marktes.

Sie überquerten eine große Straße und noch eine andere große Straße.

„Heh, heh, heh", brummte Antonio wieder. War es nicht besser, umzukehren? Es juckte ihn überall. Aber seine Beine marschierten immer weiter, den dreien nach.

Sie bogen um eine Ecke und kamen in eine stille Straße. Dort gab es keinen Markt und keine lärmvollen Hütten. Nirgends spielten Straßenjungen mit Benzinkanistern Fußball. Einige Autos parkten am Straßenrand. Auch die großen Häuser zu beiden Seiten waren still, als wären sie menschenleer.

Vor einem der Häuser blieb die Fremde stehen, setzte Blanca nieder und klopfte.

Die Tür öffnete sich.

Die drei traten ein.

Als die Tür sich wieder geschlossen hatte, wagte sich Antonio näher. Er sah an dem Haus hoch. Es war hell, fast weiß, sauber und für Antonios Vorstellungen fast ein Palast. Ein Haus mit dicken Mauern aus Steinen, nicht aus Wellblech, Latten und Pappe. „Mindestens vier Fenster und noch einmal vier Fenster", sagte sich Antonio, der wie gesagt nur bis vier zählen konnte. Er blickte sich noch einmal vorsichtig um, schlich ganz nahe an die Tür und legte das Ohr daran.

Da drinnen bewegte sich etwas. Schritte. Das Klappen einer Tür. Entfernte Stimmen. Schrie da nicht ein Kind?

Antonio setzte sich aus Gewohnheit in den Rinnstein und steckte gedankenschwer einen Finger ins Ohr. Mit der anderen Hand kratzte er sich kräftig den Rücken hinunter und herauf. Das half nachdenken.

Ihm war ziemlich klein zumute. Kein prahlerischer zukünftiger Schuhputz-Millionär, sondern nichts als ein jämmerlicher Straßenjunge wie hundert andere auch. Er war sechs Jahre alt, vielleicht auch sieben, vielleicht ein bißchen mehr oder weniger; er konnte gerade bis vier zählen und kam mit rund hundert Wörtern aus, hauptsächlich Schimpfwörtern; er wußte nicht, was ein Buchstabe ist, und würde es vielleicht nie wissen — aber er wußte andererseits mehr, als manche Leute in schönen Häusern mit dicken Mauern und Fenstern in ihrem ganzen Leben erfahren.

Er wußte zum Beispiel, daß es Häuser gab, in die man Menschen einsperrte und nie wieder herausließ, obwohl sie eigentlich nichts Schlimmes getan hatten. Er wußte, daß viele Männer zuviel Feuerwasser tranken und dann ihre Frauen grün und blau schlugen. Er wußte, daß manche Leute Messer in den Taschen trugen, und er hatte schon gesehen, daß sie damit zustachen, wenn man sie nur etwa „Indio" schimpfte. Er wußte auch, daß es Häuser gab, in denen hübsche Mädchen verschwanden auf Nimmerwiedersehn. Pilar war für ihn ein sehr hübsches Mädchen und so etwas wie eine Schwester. Um wie viele zermatschte Bananen hatten sie sich schon geschlagen! Nun hatte eine Fremde sie und Blanca entführt und hinter einer dicken Tür eingeschlossen.

„Scheiße!" rief er laut und stieß noch eine Reihe anderer Schimpfwörter aus, die so wüst waren, daß nur ein Straßenjunge aus Bogota sie verstehen konnte. Auch das half nicht besonders. Er fühlte sich sehr einsam. Tränen kamen ihm, die er rasch wegwischte. Sie hinterließen Schmutzrinnen auf seinen Wangen. Er hatte ein weiches Herz, Antonio, aber das ging niemanden etwas an.

Er blieb noch einige Zeit im Rinnstein sitzen, bis ihn sein knurrender Magen daran erinnerte, daß es höchste Zeit war, wieder auf dem Markt an die Arbeit zu gehen.

Langsam schlurfte er zurück, die Hände tief in den Falten seines Kartoffelsackes vergraben.

Aber am nächsten Tage sah man ihn wieder vor der Tür des hellen Hauses sitzen. Dann kam er zwei Tage nicht, da er zu beschäftigt war. Am dritten Tag war er wieder da, und dann wurde es ihm zur Gewohnheit, jeden Tag ein wenig vor der geheimnisvollen Tür zu sitzen, hinter der Pilar und Blanca verschwunden waren. Eine Frau, die gegenüber wohnte, beobachtete das mehrere Tage lang. Die kleine schwarze Gestalt, die da so beharrlich im Rinnstein hockte, begann sie zu beunruhigen. Wer weiß, was der vorhat, dachte sie, ich darf nicht vergessen, Fenster und Türen zu verschließen, wenn ich einkaufen gehe. —

Eine Dame hatte geöffnet, als die Fremde an die Tür geklopfte hatte. „Guten Tag, Doña Emilia", hatte sie gesagt.

„Hier sind die zwei, von denen ich Ihnen erzählt habe", sagte Doña Emilia und wies auf Pilar und Blanca, „es war höchste Zeit, sie von der Straße zu holen. Sehen Sie sich das an!"

Die andere nahm Pilar den Hut vom Kopf und sah sie an, die sofort die Augen niederschlug. „Jeden Tag müßte man auf die Straße gehen und die armen Kinder aufsammeln. Doch wo kämen wir da hin, Doña Emilia! Wir wissen schon kaum, wovon wir nächste Woche die Milch für unsere Kinder bezahlen sollen; auch fehlt uns das Geld für die dringendsten Medikamente . . ."

„Es kommt immer wieder etwas im letzten Augenblick. Viele Menschen aus aller Welt denken an uns und helfen uns."

„Ja, das sagen Sie so. Es ist immer nur ein Tropfen auf den heißen Stein! Es fehlen uns Schuhe, trotz der vielen Spenden, und ich habe nicht einmal zwei freie Bettchen für die beiden kleinen Mädchen, ich muß sie zusammen in eins legen. Doch, mein Gott, was rede ich da! Die haben ja noch nie im Leben Schuhe an den Füßen getragen und in einem Bett geschlafen, denen ist das gleich. Sie sind gerettet, das ist die Hauptsache. Wie heißt ihr denn, meine Kinder?"

Pilar hätte ihren Namen sagen können. Aber sie schwieg und sah auf den Boden.

Doña Emilia sagte: „Ich habe noch nicht ein einziges Wort aus ihr herausgelockt. Wenn ich nicht wüßte, daß sie mich versteht, würde ich sie für taubstumm halten. So werden wir ihnen eben von Amts wegen einen Namen geben müssen. Ich kümmere mich noch heute um alle Formalitäten, gehe zur Polizei und zu den übrigen Ämtern. Schade, daß sie uns die Namen nicht nennt. Sie sind doch ihr einziges Eigentum auf der Welt ..." Sie legte die Hand auf Pilars Kopf.

„Heißt du Maria?"

Kopfschütteln.

„Carmen?"

Kopfschütteln.

„Consuelo?"

Kopfschütteln, Schweigen.

„Antonia? Francisca? Manuela? Ines? Dolores? Nein?"

In diesem Augenblick öffnete sich eine Tür. Eine gewaltig dicke Mulattin in weißer Schürze trat herein. Sie trug einen Kochtopf in den Händen mit einer Kelle darin. Aus dem Topf stiegen Dampfwölkchen und trugen einen appetitlichen Duft von Gemüsesuppe in Pilars Nase.

„Guten Tag, ihr Kleinen, kommt ihr zum Essen?" rief die Köchin und lachte einladend. „Wollt ihr einen Teller von Eulalias guter Suppe haben? Ja? Aber ich kenne euch ja noch gar nicht, wie heißt ihr denn?"

Pilars Blick saugte sich voll Vertrauen an dem Suppentopf fest. Sie antwortete leise:

„Pilar."

„Und dein Schwesterchen?"

„Blanca."

„Bravo, Eulalia!" sagte Doña Emilia zu der Köchin. „Dank deiner guten duftenden Suppe wissen wir jetzt auch

die Namen unserer neuen Kinder. Ja, nimm sie zu dir in die Küche und gib ihnen zu essen, so viel sie wollen. Zeig ihnen, wie man einen Löffel benutzt, vielleicht wissen sie das nicht. Einstweilen dürfen sie noch nicht mit den anderen Kindern zusammenkommen, wir bringen sie also zuerst im Krankenzimmer unter. Der Doktor wird nachmittags kommen. Seht euch nur die Haare an, ich fürchte, wir müssen sie abschneiden. Und diese Hungerbäuche, und diese schrecklichen Narben. Wenn man nur wüßte ... Aber niemals werden wir wissen, genau wie bei den meisten unserer Kinder ..."

Ja, Pilar wußte schon viel, aber sie sagte nichts. Trotz ihrer fünf Jahre sprach sie noch kaum, denn niemals hatte jemand richtig mit ihr gesprochen. Woher hätte sie es also lernen sollen? Ihr Mund war fast immer verschlossen und nützte ihr nicht viel. Aber ihre Augen sprachen um so mehr, sie waren groß, schwarz, glänzend und leicht geschlitzt.

An diesem Tage lernte sie mehr als je zuvor in ihrem Leben, sah viele neue Dinge und hörte ihre Namen, die Doña Emilia ihr sagte: „Löffel — Seife — Tisch — Hose — Hemd — Bett ..."

Doña Emilia streifte ihnen ihre Lumpen ab und warf sie in die Ecke. Sie stellte sie in eine Wanne. Wasser, warm und sauber, kam aus der Wand geflossen und umspülte sie. Etwas Weißes umschäumte sie. „Seife!" Noch nie im Leben hatte sich Pilar so wunderbar gefühlt. Sie schloß die Augen vor Wonne, sie wiegte ihren Körper im Wasser. Blanca kreischte und jubelte und schlug mit den Händen ins Wasser, daß es aufspritzte.

„Was für hübsche Kinder! Was für bildhübsche Kinder!" rief Doña Emilia. Auch das hörte Pilar zum ersten Male. Bis jetzt hatte sie nur gehört: „Pfui, diese schmutzigen Kinder! Diese ekelhaften Kinder! Diese stinkenden, widerwärtigen Kinder!"

Noch viele seltsame und wunderbare Dinge waren an diesem Tage passiert. Als der Abend kam, lag sie mit Blanca in einem Gitterbett. „Gute Nacht, Pilar! Gute Nacht, Blanca!" Eine Tür schloß sich leise, sie waren allein.

Im Halbdunkel blickte Pilar um sich. Sie berührte mit den Fingern die weißen Laken und die Stäbe des Bettes. Das Laken war dünn und rissig, der Lack von den Gitterstäben abgeplatzt; aber für sie war das alles staunenswert, kaum wagte sie, sich zu rühren. „Löffel!" sagte sie vor sich hin. „Seife! Hemd! Tisch! Stuhl! Licht! Fenster! Bett!"

Blanca schlief und schnarchte sogar. „Bett! Haus! Groß! Groß!" flüsterte Pilar.

Kein Laut ertönte mehr in dem großen Haus. Kein Kindergeschrei, keine Transistormusik, kein Schimpfen, kein Gesang von Männern, die zuviel Feuerwasser getrunken hatten. Sie horchte und horchte, aber nichts von dem vertrauten Lärm, an den ihr Ohr gewöhnt war, ließ sich hören.

Nach einer Weile stand sie auf, kletterte aus dem Bett und tappte zur Tür. Lautlos drückte sie die Klinke nieder.

Sie hatte es geahnt: die Tür ließ sich nicht öffnen. Lange, sehr lange stand sie an der Tür. Ihr Herz klopfte sehr schnell, sie vergaß Eulalias gute Suppe, das warme Wasser in der Wanne, das schöne saubere Hemd, das weiße Bett, die freundlichen Stimmen, das Streicheln über ihren Kopf

und all die anderen schönen sanften Sachen dieses Tages. Sie war unter Fremden.

Blanca, die erkältet war, schnarchte immer noch. Lautlos kroch sie ins Bett zurück und drückte sich neben die kleine Schwester. Blanca und Pilar bleiben immer zusammen ...

Dieser Gedanke tröstete sie. Sie schloß die Augen. Da wanderten ihre Gedanken von selbst noch einmal zu der Hütte zurück, um die sie seit Monaten herumgeirrt waren. Sie sah sie vor sich, fensterlos, mit dem Loch der Tür, das von einem Sack halb verhängt war, umrahmt von verrosteten Kanistern.

Zwei Tränen rollten aus ihren Augen, ehe sie einschlief.

„Sie schlafen", sagte Doña Emilia, die noch einmal nach ihnen gesehen hatte. „Alles scheint gutzugehen. Wenn ich an die kleine Carmen denke, die zwei Tage nur geweint hat! Die armen Kinder sind an ihre Hölle gewöhnt, und sie kennen nur Mißtrauen. Wenn Pilar nur erst ein wenig lächeln und sprechen würde!"

„In drei Tagen wird sie lachen und schwatzen wie alle unsere Kinder, Doña Emilia."

Antonio wohnt nirgendwo

Doch so schnell ging es nicht.

„Komm, Pilar, hilf mir bei den Babys", bat Doña Emilia.

Das tat Pilar am liebsten.

In einem Zimmer des kleinen Heimes, das einer internationalen Hilfsorganisation gehörte, standen nebeneinander vier Wiegen. In der ersten lag die kleine Consuelo. Sie war ein Jahr alt, doch sie konnte noch nicht einmal den Kopf heben. Sie lachte und weinte niemals, nur ihre großen schwarzen Augen waren immer weit offen und blickten um sich. Man hatte sie als Neugeborenes auf der Straße gefunden. Nun wurde sie gepäppelt und verwöhnt, sie hatte es nötig.

„Sieh nur, Pilar, sie sieht uns an, ich glaube sogar, sie strampelt ein bißchen mit den Beinchen. Das macht, weil du ihr so schön das Fläschchen gibst, sie nimmt es von dir am liebsten. Bald wird sie groß und stark sein!"

Jeden Tag guckte Pilar als erstes in die Wiege, ob Consuelo über Nacht größer und stärker geworden sei. Sie fand, daß es ein wenig zu langsam ging, aber sie verlor die Geduld nicht. Ängstlich paßte sie auf, daß auch nicht ein Tröpfchen Milch aus der Flasche danebenlief. „Groß und stark! Consuelo groß und stark! Wie Pilar!"

Dann half sie, die drei anderen Babys zu füttern und zu windeln. Sie waren winzigklein und dünn und verschrumpelt, doch Pilar fand sie wunderhübsch. Sie zog ihnen die Jäckchen an, wischte ihnen den Mund ab und hielt sie sogar geschickt beim Bad in die Wanne. Sie war eine richtige kleine Mama, sorgsam und sorgenvoll.

„Pilar! Pilar, wo bist du?" rief da auch schon Eulalia aus der Küche, kaum war das letzte Baby sauber und satt in die Wiege zurückgelegt. „Willst du mir helfen, den Tisch decken?"

Pilar lief in die Küche, ernst und eifrig, nahm die Löffel aus der Schublade und lief damit in den Eßraum. „Suppe! Suppe!" summte sie und klapperte mit ihren Löffeln. Sie legte sie auf den Tisch und zählte auf: „Alfonso — Miguel — Victoria — Maria — Carmen — Amanda — Rosalia — Gustavo — Eduardo — Juan — Pedrito — Emperatrice — Ana — Ines — Francisco — Beatrice —"

Sie legte die letzten beiden Löffel auf den Tisch: „Löffel für Blanca — Löffel für Pilar."

Sie hatte sich jetzt daran gewöhnt, daß immer Essen da war, ohne daß sie danach erst suchen mußte. Viele Tage lang war sie aufgewacht und hatte aus Gewohnheit sorgenvoll gedacht: Also heute muß ich mehr zu essen finden als gestern. Blanca wird immer hungriger. Wenn es nur nicht regnet! Doch dann fühlte sie das Laken und die Decke um sich, streckte sich beruhigt und sagte sich: Ach richtig, das ist ja nicht mehr nötig. Eulalia hat immer Suppe, Milch und Brot.

Die anderen Kinder spielten in dem kleinen Hof hinter dem Haus. Sie trugen alte, oft ein bißchen zerrissene, aber saubere Kleidung, die Leute aus aller Welt dem Heim gespendet hatten. Nur Schuhe trugen sie nicht, denn das Heim war zu arm, welche zu kaufen. Aber wer von den Kindern hatte schon Schuhe in seinem Leben gesehen? Sie hatten alle Hornhäute an den Fußsohlen, härter als die festesten Sohlen!

„Zu Tisch! Zu Tisch!" rief Eulalia da schon und trug den Kessel mit Suppe auf. Jeden Tag gab es zweimal eine Suppe aus Mais, Bananen und anderen Gemüsen, immer so ziemlich dieselbe Suppe, und ein Stück Brot dazu, mit dem sie den Teller auswischten. Manchmal schwammen in der Suppe ein paar Fleischstücke. „Fleisch!" sagten dann die Kinder andächtig, „Fleisch!"

Da saßen sie alle um den Tisch und schlürften und schmatzten, denn niemand hatte ihnen bisher erklärt, daß Schlürfen und Schmatzen unfein sei. Jeder schielte ab und zu auf den Teller der Nachbarn, und besonders lang wurden die Hälse, wenn es Fleisch gab. Hatte Ines nicht eine größere Kelle voll bekommen? Schwammen in Franciscos Teller nicht mehr Bohnen als im eigenen?

„Eßt, meine hübschen Kinderchen!" ermunterte Eulalia, die das Schmatzen und die neidischen Blicke nicht übelnahm. Zärtlich blickte sie in die Runde. Wirklich, sie waren alle hübsch, diese Kinder, von denen niemand wußte, woher sie kamen. Die Älteste hieß sogar Emperatrice, „Kaiserin", und sie war mit ihrem hüftlangen schwarzen Haar und der goldenen Haut so schön, daß sie jedem Kaiser Ehre gemacht hätte. Aber sie hatte eher wie eine verhungerte Müllkatze ausgesehen, als sie das erste Mal durch die Tür des Heimes getreten war. Zwei Tage lang hatte sie auch wie eine scheue Katze in einer dunklen Ecke gehockt und sich nicht berühren lassen. Jetzt war sie die Frechste von allen! „Mehr! Mehr!" schrie sie und trommelte mit dem Löffel gegen ihren geleerten Suppenteller.

Natürlich ahmten alle Kinder sie sofort nach. „Mehr! Mehr!“ schrien sie im Chor und klimperten mit ihren Löffeln gegen die Teller.

„Langsam, langsam!“ brummte Eulalia, die nichts nervös machen konnte. Sie schabte die letzten Reste aus dem Kessel. „Das ist alles, und zaubern kann ich auch nicht. Heute abend gibt's neue Suppe. Wollt ihr noch ein Stück Brot?“

„Ja, Brot! Brot!“ schrien die Kinder im Chor und klimperten. Sie streckten die Hände aus, nicht ohne eifersüchtig die Verteilung zu überwachen. Klar, da bekam Carmen wieder ein größeres Stück! Und Beatrice hatte doch schon zweimal bekommen!

Doña Emilia beobachtete Pilar und Blanca. Blanca stand auf ihrem Stuhl und schrie am lautesten und streckte so weit wie möglich ihr Händchen nach dem Brot aus. Keine Frage, die ließ sich nicht unterkriegen! Pilar aber saß brav und still da und versuchte nur, Eulalia mit ihren großen schwarzen Augen festzuhalten.

„Sie ist ein liebes Mädchen, aber gar nicht wie ein Kind“, sagte Doña Emilia, „immer will sie helfen und arbeiten. Sie muß noch spielen und lachen lernen.“

Sie stand auf und ging in ihr Büro. Aus ihrem Schreibtisch holte sie ein Schreiben, das sie heute erhalten hatte. Es war mit vielen Stempeln und Unterschriften versehen. Sie überflog es noch einmal und las den letzten Teil laut vor sich hin:

„Auf einer Straße von Bogota wurden an diesem Tage zwei Kinder gefunden, Pilar und Blanca, Nachname unbekannt, etwa fünf und zweieinhalb Jahre alt, Geburtsdatum

unbekannt. Alle Nachforschungen nach ihren Eltern blieben ergebnislos. Die Kinder wurden in ein Auffanglager gebracht. Sie können ab sofort adoptiert werden."

Der erste kleine Sieg, dachte Doña Emilia und legte das Papier zu den anderen Papieren, die genauso aussahen und in denen es ebenfalls hieß: „Auf einer Straße von Bogota wurde gefunden ..." oder: „In ein Krankenhaus wurde eingeliefert ..."

Jetzt müssen wir also einen Papa und eine Mama für Pilar und Blanca suchen, genau wie für die anderen. Aber wer nimmt gleich zwei Kinder mit einmal auf? Trennen kann man sie auf keinen Fall. Das wird schwierig sein, sehr schwierig. Ich muß mich sofort an die Arbeit machen.

Sie setzte sich an den Tisch und begann zu schreiben.

Inzwischen hatte auch Antonio Probleme. Das erste Problem war alltäglich und hieß, den ständig knurrenden Magen zu befriedigen. Oft war er wütend auf diesen unersättlichen Magen und schimpfte mit ihm: „Kannst du mir denn keine Ruhe lassen? Hör auf zu knurren wie ein bissiger Hund! Den ganzen Tag muß ich mich um dich kümmern, unverschämter Lump du. Meinst du, ich hab' nichts anderes im Kopf?"

Antonio hatte nämlich tatsächlich anderes im Kopf als nur seinen Magen. Er dachte viel an Pilar und Blanca und an das geheimnisvolle Haus, in dem sie verschwunden waren. Etwas fehlte ihm auf dem indianischen Markt, und täglich zur gleichen Zeit ging er davon, überquerte die beiden großen Straßen, bog um die Ecke und setzte sich vor dem Haus auf dem Rinnstein nieder. Selbst den anderen Kindern fiel das auf. Wenn sie ihn aber fragten, wo er hinginge, winkte er ab und sagte: „Antonio hat Geschäfte!"

Antonio dachte drittens wirklich an Geschäfte, an große, richtige Geschäfte, die ihm einen Regen von Pesos einbringen sollten. Den Peso, den ihm Miss Jane und Miss Mabel aus Texas so widerwillig gegeben hatten, bewahrte er in den Falten seiner Hose auf und befühlte ihn ab und zu. Er fand, daß dieser Peso zu allein in seiner Tasche sei. Täglich, wenn er gegessen hatte, legte er den Peso neben sich auf das Pflaster. Er putzte ihn am Ärmel, spuckte drauf, ließ ihn in der Sonne funkeln. Nein, diesen Peso verschwendete er nicht sinnlos, wie schon ein paar andere vorher. Aber wieviel kostete ein Kasten mit Lappen, Bürsten und Schuhcreme?

Eines Tages, die Sonne schien, ging Antonio zu dem schattigen Platz an der großen Straße, wo die vielen kleinen Schuhputzer auf Kunden warteten. Sie waren die Könige unter den Straßenjungen. Richtige kleine Männer schon mit zehn Jahren, mit ihren gestreiften Hemden, den beutelnden Hosen und der speckigen Mütze, die sie lässig auf den Hinterkopf geschoben hatten. Diejenigen, die einen Kunden eingefangen hatten, knieten am Boden und putzten so schnell und geschickt die Schuhe, daß die Bürsten nur so wirbelten, während die Besitzer der Schuhe weiter oben Zeitung lasen. Die Unbeschäftigten standen in Gruppen zusammen oder hüpften zwischen den Vorübergehenden daher.

„Schuhe putzen, Señor, feiner Señor?"

„Carlos putzt die Schuhe am allerbesten, niemand in Bogota putzt Schuhe wie Carlos!"

Andere stürzten sich auf Leute, die sie als Touristen erkannten. „Musik, Mister? Schöne indianische Musik?" Und schon umringten sie ihre Opfer, trommelten auf einem leeren Kanister und sangen plärrend und falsch irgendeinen Modeschlager.

„Verzeihen Sie, Señor, wieviel Uhr ist es?" fragte ein Lumpenmatz sehr höflich einen Herrn. Kaum hob dieser das Handgelenk, um nachzuschauen, riß ihm der Junge mit einem geübten Griff die Uhr ab. „Haltet den Dieb! Hilfe!" schrie der Herr und wollte hinterherlaufen. Aber er stolperte über das Bein eines anderen Jungen, das sich ihm „zufällig" in den Weg stellte. „O Verzeihung, Señor", sagte der Junge, auch sehr höflich, hob ihm sogar den Hut auf und klopfte den Staub ab. Inzwischen war der Uhrendieb schon sieben Straßen weiter . . .

Wieder andere verkauften alles, was man sich denken und nicht denken kann. Sie näherten sich den Vorübergehenden mit Verschwörermiene, zupften sie am Ärmel, plinkerten mit den Augen und flüsterten auf sie ein. Gott weiß, was sie alles zu verkaufen hatten, wahrscheinlich sogar die eigene Großmutter und die Kathedrale von Bogota.

Antonio, König des indianischen Marktes, merkte sehr rasch, daß er hier nicht viel galt. Hier war er nur ein kleines Würstchen, ein Nichts, weniger als eine Null, ein jämmerlicher Anfänger, ein Säugling — und, was schlimmer war, ein Eindringling.

„Was willst du denn hier, Pinsel?" fragte man ihn.

„Wo kommst du denn her, Zwerg?"

„Seht euch mal dieses Baby an!"

Antonio hob die Nase in die Luft, spitzte die Lippen zu einem frechen Pfeifen und schlenderte ganz langsam weiter. Er wäre lieber schneller gegangen. Sein Herz klopfte, er hatte ganz einfach Angst.

Irgendeiner stieß ihn in die Seite. Die anderen lachten, als wäre das ein großer Witz. Antonio schlenderte weiter und pfiff. Er schwitzte und wäre jetzt gern so schnell wie möglich davongelaufen. Aber das kam nicht in Frage.

Er hätte nur beim Pfeifen nicht in den Himmel gucken sollen. Einer hatte ihm einen Fuß gestellt. Bums, lag er platt wie ein Frosch im Dreck, den roten Flicken auf dem Hinterteil nach oben gestreckt. Ein Vorderzahn, der schon seit Tagen wackelig war, fiel heraus und sprang zwei Meter weiter. „Hahahaha — hahahaha!" lachten alle durcheinander, als hätten sie seit Jahren nicht mehr so etwas Komisches erlebt.

Zu allem Unglück kollerte der Peso aus seinen Hosenfalten und rollte direkt vor die Füße seiner Feinde.

Einer hob ihn auf und drehte ihn verächtlich zwischen den Fingern. „Ein Peso? Woher hat dieser Säugling einen Peso?" Er wandte sich an seinen Nachbarn: „Hast du nicht einen Peso vermißt, Carlos?"

„Ja, tatsächlich, das ist mein Peso!" sagte Carlos und steckte ihn ein. Dann gab er Antonio, der sich hochrappelte, noch einen Fußtritt. „Hau ab hier, kleiner Dieb!"

Antonio lief, was seine Beine hergaben. Im heimatlichen Revier angelangt, wieder vom vertrauten Geruch faulenden Gemüses umgeben, setzte er sich an eine Mauer, kratzte sich und seufzte tief vor Wut, Verzweiflung und Verlassenheit. „Ach, ich möchte nichts als groß sein! Wäre ich doch schon groß! Ach, es ist so schwer, klein zu sein!"

„Was gibt's heute Gutes zu essen, Eulalia?" fragte Doña Emilia, die in die Küche trat, wo Pilar und Emperatrice der Köchin beim Waschen der Karotten halfen.

„Was soll's schon geben? Das ist doch keine Überraschung! Suppe mit Gemüse und Brot gibt es, wie alle Tage."

Doña Emilia schmeichelte, da sie Eulalias schlechte Laune bemerkte: „Sie schmeckt aber alle Tage wieder gut, meine Liebe. Nie bleibt auch nur ein Löffel übrig."

Jetzt wurde Eulalia richtig wütend. Sie stemmte die Arme in die Hüften, machte sich so furchterregend wie möglich, und das gelang ihr leicht, wenn sie die schwarzen Augen im schwarzen Gesicht rollen ließ und die Luft einzog, wodurch sie noch dicker wurde. „Es bleibt kein Löffel übrig! Hat man so etwas schon einmal gehört! Natürlich bleibt kein Löffel übrig! Aber nicht, weil meine Suppe so gut ist! Sondern weil zuwenig Suppe da ist!"

„Ja, liebe Eulalia, wem sagst du das! Wir können nur hoffen ... Aber möchtest du deshalb eines unserer Kinder wieder auf die Straße schicken?"

Eulalia stieß die Luft wieder aus und begann zu weinen, was ihr leicht geschah. „Ich? Ich?? Sie behaupten, ich wolle die armen Kinder wieder auf die Straße schicken? Ausgerechnet ich, Eulalia, die selbst weiß, was Hunger und Not ist? Da hört doch alles auf! Nicht eine Minute bleibe ich länger in diesem Hause ..."

„Eulalia!" schnitt Doña Emilia streng das Gejammer ab, „hör auf, Unsinn zu reden und absichtlich falsch zu verstehen! Sag mir lieber, welche Laus dir über die Leber gelaufen ist! Heraus mit der Sprache!"

Eulalia drehte sich um, schnippelte weiter Gemüse und wischte sich noch ein paarmal über die Augen, die längst trocken waren. Sie wollte gern noch ein Weilchen beleidigt sein und konnte deshalb nicht antworten.

Aber Doña Emilia ließ nicht locker: „Also, was gibt es, Eulalia? Du weißt, ich kann schlechte Laune nicht vertra-

gen, wenn man mir den Grund nicht nennt. Ich kenne dich doch, du hast bei weitem das beste Herz von uns allen. Haben wir deinen Liebling Eduardo zu schief angeguckt? Bist du böse, weil die Kinder nicht in Samt und Seide gehen? Haben wir Consuelo nicht gut genug gepflegt? Macht Maria nicht genug Fortschritte?"

Eulalia drehte sich um und zog wieder wütend die Luft ein. „Jaja, da prahlt man mit allem, was man für die paar Kinder hier tut! Und das sieht nicht mal, daß da tagaus, tagein ein kleiner Betteljunge direkt vor unserer Tür sitzt, das läßt die Kinder vor der eigenen Tür krepieren ..."

Sie wies anklagend nach draußen. Doña Emilia ging ans Fenster und sah hinaus. Draußen saß Antonio, wie alle Tage, und sah zu den Fenstern empor.

Doña Emilia war erstaunt. „Auf Ehre, Eulalia, ich habe den noch nie da gesehen! Sitzt der immer dort?"

„Nicht immer, aber sehr oft."

„Er sieht erbärmlich aus."

Eulalia sagte nichts mehr, sie hatte alles gesagt, was zu sagen war. Sie drehte sich um und setzte Wasser auf.

Doña Emilia beobachtete den Jungen durchs Fenster. Kannte sie ihn nicht von irgendwoher? Aber all diese Bettelkinder glichen einander, nahmen erst persönliche Gestalt an, wenn man sie abgeseift hatte.

In der Küche herrschte Schweigen. Pilar wusch Gemüse. Emperatrice holte Löffel aus der Schublade. Eine Fliege summte und setzte sich auf Eulalias schwarze Wange. Sie schlug so heftig danach, daß sie sich selbst eine Ohrfeige gab.

Schweigen.

„Eulalia", brach Doña Emilia die Stille, „sieh mir in die Augen! Was wirst du mit der Suppe machen, wenn noch ein Esser mehr am Tisch sitzen wird? Antworte mir!"

Ein listiges Grinsen überzog Eulalias Gesicht. „Ein bißchen mehr Waser reingießen." Befriedigt sah sie hinter Doña Emilia her, die die Küche verließ und vor die Haustür trat.

Antonio hörte auf, sich zu kratzen, als Doña Emilias Schatten auf ihn fiel.

„Sag mal, Kleiner, wir kennen uns doch? Richtig! Ich habe dich auf dem Markt gesehen. Du bist ein Freund von Pilar und Blanca."

Antonios Gesicht blieb so ausdruckslos wie das der Gemüsefrauen auf dem Markt.

„Hast du Hunger?"

Er runzelte die Stirn. Antwortete er nein oder gar nicht, entging ihm vielleicht etwas. Mit Ja antworten wollte er auch nicht gleich, aus verschiedenen Gründen. Diese Frau kam ihm höchst sonderbar vor.

Doña Emilia kniete neben ihm am Straßenrand nieder. „Hör, ich will dir nichts Böses tun. Kannst du dir denn gar nicht vorstellen, daß jemand dir auch mal etwas Gutes tun will? Nur so, aus Spaß? Es kostet dich absolut nichts."

Antonio schwieg und studierte die merkwürdige Frau aus seinen Schlitzaugen.

„Ich will dir nur eine Suppe anbieten. Kannst du das denn gar nicht verstehen? Sieh mal, wenn ich dir jetzt einen Fußtritt versetzen würde, das würdest du doch verstehen?"

Antonio nickte.

„Und wenn ich dir eine Suppe anbiete, das kannst du nicht verstehen?"

Antonio schüttelte den Kopf.

„Und wenn ich dir sage, daß Pilar und Blanca diese Suppe auch essen?"

„Jeden Tag?" fragte Antonio.

„Jeden Tag, zum Mittagessen und zum Abendessen. Und morgens eine Schale Milch und Brot dazu." Sie nickte ihm aufmunternd zu und lächelte. Er zwinkerte mit den Augen, man sah, wie er nachdachte. „Also, was hältst du davon? Möchtest du auch eine Suppe essen?"

„Heh, naja."

„Sagst du mir auch, wie du heißt?"

„Antonio."

„Und wo sind deine Eltern, Antonio?"

„Keine Eltern."

„Keinen Vater? Keine Mutter?"

„Heh, nein. Antonio ist ganz allein."

„Kannst du mir wenigstens sagen, wo du wohnst?"

„Ich wohne nirgendwo."

Sie nahm ihn an der Hand und stand auf. „Dann komm nur mit, Antonio."

Pilar war gerade mit Gemüsewaschen fertig und trocknete sich die Finger ab. Ihr Gesicht war ernst wie immer, und sie arbeitete in der Küche wie eine kleine Frau. Eulalia sah sie an und seufzte.

Da öffnete sich die Küchentür, und Doña Emilia trat ein. An der Hand führte sie Antonio, der seine unübertreffliche, seine einmalige Hose trug.

Bei seinem Anblick erstarrte Pilar. Doch plötzlich überzog ein Lächeln ihr Gesicht. Sie öffnete den Mund und rief: „Antonio! Antonio!"

„Heh, Pilar!" sagte Antonio zur Begrüßung und zeigte grinsend seine Zahnlücke.

Pilar klatschte in die Hände und brach in ein lautes, herzliches und ansteckendes Gelächter aus. Alle in der Küche lachten auf einmal, obwohl es eigentlich gar nichts Besonderes zu lachen gab.

„Sie lacht!" rief Doña Emilia. „Pilar lacht! Antonio, du mußt bei uns bleiben."

„Heh, naja", antwortete Antonio und schielte nach dem Suppentopf.

Ich werde eine Mama haben?

„Endlich! Endlich!“ rief Doña Emilia.

Es war einige Monate später. Sie sah auf den kleinen Hof hinaus, in dem die Kinder trotz des kalten Windes spielten. Sie waren alle vergnügt und wärmten sich durch Herumlaufen. Und doch war es ein recht jämmerlicher Anblick. Es war eben nur ein kleiner Hof, nicht einmal mit Sand, sondern nur mit Steinplatten ausgelegt, zwischen denen das Unkraut wuchs. Die Kinder trugen alte Jacken aus irgendeiner Kleiderspende, meistens paßten sie nicht, waren zu lang oder zu weit, löcherig und verwaschen. Keines der Kinder trug Schuhe, man hatte ihnen alte Pantoffeln angezogen, auf die sie sehr stolz waren. Manche Kinder sahen blaß aus, die meisten kratzten sich — auch für ärztliche Pflege war kaum Geld da. „Jedenfalls habe ich sie alle untergebracht, ehe wir das Heim schließen müssen! Gerettet! Ein paar Kinder wenigstens gerettet!"

Ihr Blick fiel auf Antonio, der mit Eduardo einen verbissenen Ringkampf ausführte. „Es hat einige Mühe gekostet, ihm die Kartoffelsack-Hose mit dem roten Flicken vom Leibe zu ziehen, er hat sie verteidigt wie seinen heiligsten Besitz. Zuerst hat er nur von einer Suppe zur anderen gelebt und Eulalia Brot aus der Speisekammer geklaut. Jetzt fängt er an zu spielen. Vielleicht wird doch noch ein richtiges Kind aus ihm. Ach, es wird mir schwerfallen, mich von ihnen allen zu trennen . . ."

„Zu Tisch! Zu Tisch!" rief Eulalia.

Die Kinder froren. Ihre Näschen liefen um die Wette, sie wischten sie mit dem Ärmel ab. Die dampfende Suppe wurde jubelnd empfangen. Mit den Händen umfaßten sie die Teller, um ihre klammen Finger zu wärmen. Hatte Juan nicht schon wieder mehr Bohnen in der Suppe? War das Brot von Ines nicht ein bißchen größer als das eigene? Jeden Tag dieselben Sorgen!

„Warum weinst du, Eulalia?" fragte Emperatrice. „Ist dir kalt? Oder hast du Bauchschmerzen?" Denn sie selbst hatte manchmal welche und weinte dann.

„Nein, sie hat Zahnschmerzen", vermutete Antonio, der manchmal Ärger mit seinen Zähnen hatte.

„Ja, meine Kleinen, ich habe Bauchschmerzen und Zahnschmerzen", erwiderte Eulalia, und noch eine Träne rann ihre Wange hinab, die die Farbe einer gebrannten Kaffeebohne hatte.

Auch Doña Emilia benahm sich merkwürdig heute abend, blickte von einem zum anderen, streichelte im Vorübergehen die Köpfe, und dabei nickte sie immer ernst vor sich hin. Vielleicht hatte sie auch irgendwelche Schmerzen, die Ärmste?

An diesem Abend gab es noch mehrere Überraschungen. Als die Suppe abgetragen war, brachte Eulalia die Tassen herein. Nanu? Was war das? Sonst gab es doch nur zum Frühstück Milch?

Aber das war gar keine Milch, das sah anders aus, und das roch anders. Tasse für Tasse füllte Eulalia mit etwas Heißem, Duftendem, Schäumendem . . .

„Kakao! Kakao!"

Jedes Kind kannte ihn, doch die meisten hatten noch nie Kakao getrunken. Kakao, das bedeutete für sie etwas, was für reiche, saubere Kinder mit Schleifen da war, die in großen weißen Häusern wohnten. Kakao, das war kein Getränk für Kinder wie sie. Wenigstens bis heute abend.

Sie blickten leicht beklommen in ihre Tassen.

„Jaja, das könnt ihr trinken! Es ist für euch, warum denn nicht?"

Schweigen herrschte dann am Tisch, während die Kinder mit vorsichtigen Schlucken das kostbare Getränk in sich hineinschlürften. Sie hörten nebenan Eulalia mit dem Geschirr klappern. Kein Tröpfchen wurde verkleckert, kein Restchen blieb in den Tassen, die Zungen machten sich lang und leckten alles so sauber, daß Eulalia die Tassen eigentlich nicht mehr hätte abwaschen müssen.

Tiefes Seufzen. Sie setzten die Tassen nieder, noch ganz benommen von diesem Genuß.

„Kinder", sagte da Doña Emilia in die Stille hinein, „ich will euch etwas erzählen."

Sie setzte sich zwischen sie, lehnte sich zurück und begann:

„Es war einmal ein reiches Land, in dem es Gold, Silber und Edelsteine gab, in dem Kaffee, Zuckerrohr, Bananen und viele andere herrliche Früchte und wunderbare Blumen wuchsen. Kostbares Öl kam dort aus der Erde, Petroleum genannt, und die großen Wälder waren voller Holz, aus denen man viele Hütten und Möbel bauen konnte. Doch die vielen armen Kinder, die dort lebten, wußten davon nichts. Sie hatten nie im Leben eine Tasse Kakao getrunken. Auch keine Milch hatten sie zum Trinken und keine warme Suppe jeden Tag. Sie liefen überall herum und suchten nach einem Stückchen Brot, und manchmal wurden sie von Hunden gebissen, die ihnen das Brot wegschnappten. Manchmal sahen sie andere kleine Jungen und Mädchen, die ihnen nicht glichen: sie trugen Schuhe an den Füßen und ganz neue Kleider ohne Flecken und Risse. Sie kratzten sich auch nicht am Kopf, denn ihre Haare waren sauber gewaschen und glänzten. Sie liefen niemals allein durch die Straßen, sondern gingen an der Hand einer Frau, das war ihre Mama, und eines Mannes, das war ihr Papa. Mama und Papa kümmerten sich den ganzen Tag um sie. Das heißt, nicht den ganzen Tag, denn tagsüber gingen sie in große Häuser, wo sie lesen und schreiben lernten. Die armen Kinder wunderten sich: Warum tragen wir keine Schuhe und müssen frieren? Warum trinken wir keine Milch? Warum lernen wir nicht ‚I' und ‚A' und ‚O' schreiben, damit wir später Zeitungen lesen und Geld verdienen können? Warum haben wir keine Mama, die uns abends ins Bett legt und Kuchen backt, und keinen Papa, der mit uns spazierengeht, Hand in Hand, und uns Spielzeug schenkt? Und die Kinder verstanden das gar nicht ...

Eines Tages brachte man sie in ein Haus, gab ihnen eine Suppe zu essen und ein paar alte Kleider zum Anziehen und sagte ihnen: .Wartet ab, Kinder. Alles wird besser werden für euch!'

Und die Kinder warteten und aßen ihre Suppe, und es ging ihnen schon ein bißchen besser.

Eines Abends tranken sie zum ersten Male in ihrem Leben eine Tasse Kakao. Und man sagte ihnen: ‚Kinder, sehr bald werdet ihr eine große Reise machen. In einem Flugzeug, wie ihr es jeden Tag über dem Haus am Himmel fliegen seht. In einem solchen Flugzeug werdet ihr durch die Wolken fliegen, einen ganzen Tag lang, über ein großes Wasser hinweg, das man Meer nennt. Und wenn das Flugzeug landet, werdet ihr aussteigen, und dort werden schon eure Papas und Mamas stehen und auf euch warten' ..."

Sie unterbrach sich. In das kurze Schweigen hinein hörte man das Seufzen und Schluchzen von Eulalia, die aufgehört hatte, mit den Tellern zu klappern.

Da sagte Emperatrice, die Älteste: „Und diese Kinder sind wir?"

Sie und auch einige der Größeren hatten die Geschichte verstanden. Die Kleineren hatten nur zugehört, wie man einem Märchen zuhört, mit offenem Mund. Antonio hatte aus lästiger alter Gewohnheit den Finger in die Nase gesteckt, wie immer, wenn er scharf nachdachte.

„Ja, Emperatrice, die Kinder seid ihr."

Eine lange Pause folgte.

Da nahm Antonio den Finger aus der Nase und fragte: „Ich auch?"

„Natürlich, du auch, Antonio!"

„Ich werde eine Mama haben?"

„Ja."

„Und sogar einen Papa?

„Gewiß."

„Und ich werde zu ihm sagen: ‚Guten Tag, Papa'?"

„Ja, natürlich."

„Und er wird antworten: ‚Guten Tag, mein Sohn Antonio'?"

„Ja, das wird er antworten."

„Heh, nein!" rief Antonio und schüttelte den Kopf. „Neinnein, das ist nicht wahr, das glaube ich nicht."

„Und warum nicht, Antonio?"

„Weil ..." Antonio überlegte, steckte zur Abwechslung einen Finger ins Ohr und holte ihn wieder heraus, als er dort die Lösung gefunden zu haben schien: „Ich bin zu schmutzig."

„Wir werden dich vorher baden."

„Heh, neinnein ..." Antonio schüttelte weiterhin den Kopf. Man sah es ihm an, daß er noch andere Bedenken hatte.

Pilar hatte nichts gesagt, aber mit großen Augen zugehört. Manches hatte sie nicht verstanden. Nur das eine war ihr klar geworden: sie und Blanca würden eine Mama und einen Papa haben. Sie war nicht so mißtrauisch wie Antonio. Wenn Doña Emilia es sagte, dann mußte es stimmen.

Vorm Einschlafen blickte sie mit offenen Augen ins Dunkle. Und sie versuchte zu sagen: „Mama — Papa." Irgendwann einmal hatte sie das gesagt, die beiden Wörter waren ihr vertraut, doch sie hatte vergessen, was sie bedeuteten. „Mama — Papa", versuchte sie noch einmal vorsichtig, wie man eine fremde Frucht kostet. Was war das? Zwei Schatten tauchten vor ihr auf und sprachen sanfte Worte, beugten sich über sie, und das war so angenehm, als ob warmes Wasser sie umspülte.

„Mama — Papa!"

Und darüber schlief sie ein und träumte wunderbar.

Fliegen wir zur Sonne?

Auf dem Flugplatz „El Dorado“ von Bogota saßen Miss Mabel und Miss Jane aus Texas und warteten auf ihren Abflug. Beide waren zu Tode erschöpft, denn sie hatten pflichtbewußt alles besichtigt, was die Prospekte angepriesen hatten. In klapprigen Autobussen, umgeben von stark riechenden Indianern, lebenden Hühnern und brüllenden Babys mit feuchten Pos, waren sie bis in die entferntesten Winkel der kolumbianischen Berge vorgedrungen. Einmal war sogar ein lebender Ziegenbock unter den Fahrgästen gewesen, und ein andermal konnte der Autobus nicht weiterfahren, weil die Straße von bewaffneten Wegelagerern gesperrt war.

Miss Mabel und Miss Jane waren sehr stolz auf dieses Erlebnis. Sie sahen sich schon ihren Freundinnen beim Bridge erzählen, wie wildbärtige Banditen mit Maschinenpistolen ... (in Wahrheit hatten sie keinen zu Gesicht bekommen).

Sie waren bis nach San Augustin gefahren und hatten dort die berühmten uralten Steinfiguren besichtigt, fotografiert und eigentlich sehr häßlich gefunden. Sie hatten sich zu Smaragdminen fahren, sich von Chauffeuren um viele Dollars betrügen lassen, hatten mehrere Reifen- und andere Pannen in abgelegenen Gegenden gehabt und waren in einen tropischen Wolkenbruch hineingeraten, so daß sie ihr letztes Stündchen gekommen glaubten. Schließlich waren sie sogar bis zu dem gewaltigen Amazonas-

Fluß gekommen und hatten endlich auch fast nackte Indianer, rot bemalt und mit Federn im Haar, bewundert, die für ein Trinkgeld vor ihren Kameras herumgehüpft waren.

(Weiter innen in den dichten Urwäldern gab es andere Indianer, die ihnen einen anderen, weniger freundlichen Empfang bereitet hätten, aber das ahnten sie nicht!)

Und fast wäre Miss Mabel, die mit einem echten Diamantensucher ein bißchen zu viel Feuerwasser getrunken hatte, aus einem wackeligen Kanu gefallen und von Krokodilen gefressen worden. Fast!! Miss Jane, die wegen des Feuerwassers und des Diamantensuchers an diesem Tage sehr ärgerlich auf ihre Freundin gewesen war, hätte ihr dieses böse Ende zur Strafe fast gegönnt. Zwischendurch hatten sie in Luxushotels wieder mal gebadet und das scharfgewürzte Nationalgericht „Sancocho" tränenden Auges mit viel Sodawasser hinuntergespült.

Jedenfalls hatten sie genug Stoff, um ihre Freundinnen im Bridgeclub für zwei Monate gelb vor Neid zu machen. Sie waren zwar sehr mit den Nerven herunter und sehnten sich nach nordamerikanischer Hygiene zurück, aber das Gefühl, zwei richtige Abenteurerinnen zu sein, befriedigte sie auch sehr. Statt ihrer Blumenhüte trugen sie jetzt breitkrempige Strohhüte und hatten sich mit bunten Holzketten behängt. Um die Schultern hatten sie bunte Webtücher geschlagen, aus denen ihre mageren Hälse lang herausragten. Ihr Gepäck war gewaltig angeschwollen durch allerlei kitschige Töpfe, die man ihnen teuer als echt und alt angedreht hatte.

Miss Mabel, die wie gesagt gern ins Gläschen guckte, hatte unter ihren Strümpfen und Hemden eine Flasche Zuckerrohrschnaps im Koffer versteckt, scharf genug, nach drei Gläsern tot umzufallen. Sie schrieb die letzte Ansichtskarte: „Gruß aus Bogota . . ."

Miss Jane ließ einen Smaragdring am Finger glitzern, den sie, wie sie glaubte, preiswert im Lande der Smaragde gekauft hatte. „Was für ein herrliches Land, Mabel!"

„Ja, beautiful!"

„Wenn es nur nicht so viele Spitzbuben gäbe . . . Und diese vielen schrecklichen Kinder, die einem überall nachlaufen! Da, sieh nur, schon wieder welche!"

Die Blicke aller Wartenden wandten sich in diesem Augenblick dem Eingang zu, durch den ein seltsamer Zug hereintrippelte: etwa zwanzig Kinder, die ältesten vielleicht sieben, die jüngeren zwei oder drei Jahre alt; vier

Babys wurden, wie Bündel verpackt, auf den Armen von Stewardessen hereingetragen. Es waren dunkelhaarige und dunkelhäutige Kinder, die meisten mit geschlitzten indianischen Augen.

„Was wollen all diese kleinen Indianer hier auf dem Flughafen?"

Man sah, daß es keine reichen Kinder waren, die eine Vergnügungsreise mit dem Flugzeug planten. Sie waren kunterbunt angezogen. Meist paßten ihnen die Kleider schlecht. Die meisten hatten Triefnäschen und sahen mager und kränklich aus.

„Wie seltsam diese Kinder laufen! Wie aufgezogene Marionetten!"

Sie setzten vorsichtig einen Fuß vor den anderen wie Kinder, die gerade laufen lernen und noch Angst haben zu fallen. Das war wegen der Schuhe, die man ihnen für die Reise angezogen hatte. Selten oder nie hatten sie bisher Schuhe getragen, und nun gingen sie wie auf Eiern. Emperatrice humpelte ein wenig, ihre Schuhe drückten hinten und vorn.

Pilar schlurfte; die ihren waren zu groß, auch fehlten die Schnürsenkel, und bei jedem Schritt fürchtete sie, die Schuhe zu verlieren. Nur das nicht! Diese Schuhe (schwarzer Lack, an den Spitzen schon ganz abgestoßen, sie stammten aus einer Spende und waren getragen) waren ihr höchster Stolz. Auch die kleine Blanca, die sie an der Hand führte, schlurfte wichtig mit abgestoßenen schwarzen Lackstiefelchen daher.

Die Kinder sahen sich nach allen Seiten um. Sie waren zu beeindruckt, um auch nur piep zu sagen oder zu flüstern. Schon zeitig hatte man sie heute geweckt. Doña Emilia, Doña Maria und Eulalia hatten ihnen diese schönen Kleider und Schuhe angezogen. Dann die Abfahrt in einem großen Auto, Eulalia, die in der Tür stand und in ihre Schürze weinte, jetzt diese große Halle mit den vielen Menschen, die sie ansahen. Aufregende Tage waren vorausgegangen, in denen der Doktor sie mit langen Nadeln gepiekt, in denen man sie gebadet und ihnen die Haare geschnitten hatte . . .

Sie gingen wie auf Stelzen und drängten sich dichter aneinander.

Pilar hatte bei der Verteilung ein hellblaues Hängekleidchen bekommen, Blanca ein hellgrünes, beide sauber und verwaschen. Pilars Kleid war zu kurz, man sah darunter einen eingerissenen Unterrock, auch hing ihr ein zu großes Höschen wie ein Beutel in die Kniekehlen. Blancas Kleidchen war wiederum zu lang, und das war ganz gut so, denn sie hatte kein Höschen abbekommen, und unter dem Kleid trug sie anstelle eines Hemdes einen gestreiften Baumwollpullover mit einer Mickymaus darauf. Sie bedauerte sehr, daß niemand diese Mickymaus sehen konnte.

Sie kamen sich wunderschön vor und sahen eitel auf diese Pracht hinab.

„Was sind das für seltsame Kinder?" fragte Miss Jane eine Stewardeß.

Diese antwortete: „Es sind Kinder, die man auf der Straße gefunden hat. Eine wohltätige Organisation hat sie aufgesammelt und ihnen Adoptiveltern vermittelt. Sie fliegen nach Frankreich."

„Gibt es denn Leute, die diese Kinder adoptieren?" wunderte sich Miss Jane. „Das halte ich für sehr gewagt!"

Die Stewardeß zuckte die Achsel und ging weiter.

„Die beiden Kleinen da sind aber wirklich niedlich, my dear", meinte Miss Mabel und wies auf Pilar und Blanca. Sie trank zwar gern ein Gläschen zuviel und wäre zur Strafe fast von Krokodilen gefressen worden, aber sie hatte auch ein gefühlvolleres Herz als Miss Jane.

„Aber dieser Junge da! Schon ein richtiger kleiner Taschendieb!" erwiderte Miss Jane und wies auf Antonio, den sie nicht wiedererkannte. Er trug eine etwas zu kurze, aber ungeflickte Hose und drehte den Kopf nach allen Seiten, so daß seine schwarzen Augen nur so rollten.

„Diese glücklichen Kinder, sie fliegen nach Frankreich!" Miss Mabel seufzte sehnsüchtig. „Wie wäre es, Jane, wenn wir nächstes Jahr eine Reise durch Frankreich machten?"

„Achtung! Die Fluggäste in Richtung Paris, Flug 702 Air France, bitte nach Ausgang sieben!" rief eine Stimme im Lautsprecher.

Doña Emilia und die Stewardessen gingen mit den Kindern weiter und führten sie zum Ausgang sieben. Da öffneten die Kinder alle gleichzeitig den Mund, zeigten durch die Glasscheibe und riefen: „Flugzeug! Flugzeug!"

„Flugzeug!" wiederholte Pilar für sich wie ein besonders bedeutungsvolles Wort.

„Flugzeug!" rief Blanca und stieß einen Jauchzer aus.

Dann verstummten sie wieder. Was passierte nun? Im Gänsemarsch gingen sie durch die geöffnete Glastür und stiegen wieder in ein Auto. Das Auto drehte eine Kurve auf dem Platz, und als die Tür sich wieder vor ihnen öffnete, sahen sie dicht vor sich das Flugzeug, das nun noch riesiger war. Wenn sie es am Himmel sahen, war es doch so winzig klein! Was für ein merkwürdiger Vogel, ohne Federn, mit Fenstern, Türen und Treppen! Eins nach dem anderen tappte die Treppe empor. Carmen bekam Angst und klammerte sich am Geländer fest. Pilar verlor um ein Haar ihren Schuh!

Sie traten in den dunklen Bauch des Flugzeugs. Dort empfing sie noch eine dieser schönen Señoras in blauer Uniform und führte sie lächelnd an die Sessel, die rechts und links vom Gang standen.

Pilar und Blanca bekamen zwei Plätze an einem Fenster. Pilar blickte hinaus und sah unter sich einen der langen Flügel des Flugzeuges.

Doña Emilia schnallte ihnen Gürtel um.

„Guten Tag, liebe Fluggäste!" rief da eine laute Stimme in den Raum. Alle blickten sich um, aber niemand war zu sehen!

„Guten Tag, liebe Kinder!" fuhr die geheimnisvolle Stimme fort. „Der Kapitän dieses Flugzeugs und die Besatzung begrüßen euch und wünschen euch einen guten Flug!"

Ein Summen erhob sich, schwoll an, ein Pfeifen, alles begann zu zittern und zu vibrieren. Keines der Kinder sagte mehr ein Wort, nur die Augen wurden größer und größer, die Münder öffneten sich, die Herzen klopften schneller. Antonio steckte, ohne es zu merken, seinen Finger in den Mund.

Durchs Fenster beobachtete Pilar, wie das Flugzeug mit ihnen zu rollen begann. Immer schneller rollte es, immer

lauter wurde das Sausen und Grollen, und dann — hopp — hob es sich steil in die Luft und ließ den Boden unter sich. Es war, als bliebe ihr Magen unten. Dann ertaubten ihre Ohren, sie mußte schlucken. Allen Kindern ging es so, sie faßten sich an die Ohren, schluckten und machten ängstliche Gesichter. Im Nu waren sie hoch oben in der Luft. Es war jetzt fast still um sie, außer einem gleichmäßigen Sausen und Singen. Die Häuser, Straßen und Autos wurden immer kleiner, die Kathedrale war nur noch so groß wie eine Schachtel, und die Gemüsehaufen auf dem indianischen Markt huschten als bunte Flecken vorbei.

Doch dann tauchten sie in die Wolken ein, es wurde weiß und neblig um sie. Die große Stadt Bogota war auf Nimmerwiedersehen unter ihnen verschwunden.

Lange schien es dann, als stünden sie still in den Wolken. Das beruhigte die Kinder. Nach einiger Zeit fanden sie es schon ganz normal, von nun an im Bauch eines Flugzeugs zu wohnen. Sie begannen herumzukrabbeln. Die Babys strampelten in ihren kleinen Hängematten. Antonio untersuchte den Tisch, der am Rücken des Vordersitzes hochgeklappt war, Juan und Francisco schlugen sich mit den Sicherheitsgürteln. Doña Emilia mußte eingreifen und setzte sie auseinander. Darauf schnitten sie sich von weitem Fratzen. Blanca nahm die Prospekte aus den Sesseltaschen und zerrupfte sie zu unzähligen Schnipseln. Ines machte sich in die Höschen.

Das Flugzeug summte.

Nach einigen Stunden senkte es sich und landete auf einem anderen Flugplatz. Sie waren in Cayenne, dort, wo der Pfeffer wächst und wohin man Leute, von denen man genug hat, gern wünscht. Früher hatte Frankreich dorthin seine gefährlichsten Sträflinge geschickt. Aber das alles wußten die Kinder natürlich nicht.

Sie starteten von neuem. Immer höher stiegen sie durch die Wolken, der Dunst um sie löste sich allmählich auf. Es wurde strahlend hell. Golden glänzte der Flügel neben Pilars Fenster auf, und sie schloß geblendet die Augen. Als sie sie öffnete, blickte sie geradewegs in die Sonne, die riesengroß und von Strahlen umgeben war.

Sonne! Sonne! Fliegen wir zur Sonne? dachte sie. Wohnen dort etwa Papa und Mama?

Da kam die schöne lächelnde Dame in Uniform herbei, klappte das Tischchen vor ihnen auf und stellte ihnen zu essen und zu trinken darauf: süßes Brot mit Früchten darin, Bananen, warme Milch, Bonbons und andere Herrlichkeiten.

Sie futterten.

Das Flugzeug summte, und die Sonne glänzte auf den weißen bauschigen Wolken.

Blanca war übermütig geworden. Nach einer Weile aber wurde sie unleidlich und hieb auf ihre Nachbarin ein, die kleine Beatrice. Ganz plötzlich fiel ihr Kopf zur Seite, die Augen klappten zu, sie war eingeschlafen.

Auch die anderen wurden langsam still. Antonio schnarchte sogar leise.

Nur Pilar sah noch zum Fenster hinaus, betrachtete die Sonne, die Wolken und wartete. Bald mußten „Papa und Mama" irgendwo auftauchen, aber wo? Sie wußte nicht, daß tief unter ihr ein gewaltiges Meer lag, so groß, daß man weder Anfang noch Ende sehen konnte.

Dann sank auch ihr Kopf auf die Lehne, ihre Lider wurden schwer, und sie merkte nicht einmal mehr, wie die Stewardeß ihr ein Kissen unterschob ...

Die Kinder, die vom Himmel fielen

Der Flugplatz Orly bei Paris ist so groß, daß fast alle Reisenden sich dort zuerst einmal verirren. Rolltreppen führen nach oben und wieder nach unten, Gänge nach rechts und nach links und um die Ecke, automatische Türen öffnen und schließen sich lautlos; und überall laufen aufgeregte Leute herum, die ihren Weg suchen und Angst haben, ihr Flugzeug zu verpassen.

Im ersten Stock, unter den Tafeln mit den Ankunftszeiten, wartete an diesem Aprilmorgen (es war Frühling in Europa, in Südamerika ging der Sommer zu Ende) eine Gruppe von Leuten. Sie hatten etwas gemeinsam: aus den Taschen ihrer Mäntel, aus ihren Reisetaschen, unter ihren Armen guckte Spielzeug hervor.

Eine junge blonde Frau trug sogar ein Nuckelfläschchen und eine Klapper in der Hand.

„Sie warten sicher auf ein ganz kleines Kind?" fragte ihre Nachbarin, die eine prächtige Puppe unterm Arm hielt, und wies auf das Fläschchen.

„Ja, ein kleines Mädchen von dreizehn Monaten, aber es soll sehr klein und schwach sein. Es heißt Consuelo. Und Sie? Auch ein kleines Mädchen, wie ich sehe?"

„Sehen Sie, ist sie nicht hübsch und lieb?" Die andere holte ein Foto aus der Handtasche. „Sie ist etwa sieben Jahre alt, das genaue Alter weiß man natürlich nicht. Sie nennt sich Emperatrice, die Kaiserin."

„Was für ein schöner Name! Und das kleine Mädchen ist wirklich bezaubernd! Wohnen Sie in Paris?"

„Nein, wir fliegen gleich weiter. Wir haben ein Weingut in der Nähe von Bordeaux. Dort wartet schon ein Pony auf Emperatrice."

„Dann wird sie ja fast eine richtige kleine Prinzessin!"

„Zuerst muß die Prinzessin einmal Französisch und lesen und schreiben lernen ... Und Sie? Wo wohnen Sie? Ich hoffe, Sie haben es nicht mehr allzu weit mit dem Baby?"

„Leider ja, ich wohne in Straßburg. Aber ich habe bald einen Anschlußflug."

Die beiden wandten sich einem Paar zu, das neben ihnen stand. Der Mann hielt ein Spielzeugauto in der Hand, die Frau eine kleine Trompete. „Sie erwarten einen kleinen Jungen, das ist nicht schwer zu erraten."

„Und was für einen!" erklärten die zukünftigen Eltern stolz. „Einen richtigen Lausbuben! Sehen Sie sich nur diese blitzenden Augen und diese freche kleine Nase an!" Sie zogen ebenfalls ein Foto aus der Tasche.

„Wirklich lustig! Wie heißt er denn?"

„Antonio."

„Der Name paßt gut zu ihm."

Und alle anderen holten nun auch Fotos hervor und tauschten sie aus. Aber es war deutlich, daß jeder sein eigenes Kind am allerschönsten fand.

„Unsere anderen Kinder warten schon seit Monaten sehnsüchtig auf ihren kleinen Bruder", erzählten Antonios Eltern. „Wir haben vier Kinder, und Antonio wird der jüngste sein. Vor Aufregung haben sie die ganze Nacht nicht geschlafen, und heute früh wollten sie absolut nicht in die Schule gehen."

„Sprechen Sie Spanisch?" fragte eine Frau. „Wie werden wir uns nur verständigen?"

„Ich habe ein Wörterbuch mitgebracht."

„Unsere kleine Carmen sollte schon im Oktober kommen. Aber als das Flugzeug landete, war sie nicht unter den Kindern. Im letzten Augenblick hatte irgendein Papier gefehlt, und die Behörden hatten die Ausreise verweigert. Man hat uns fest versprochen, daß sie heute endlich kommt."

„Sie machen uns ja Angst!" sagte Antonios neue Mutter. „Was sollten wir unseren Kindern wohl erzählen, wenn wir ohne den Jungen nach Hause kommen!"

In diesem Augenblick kam eine kleine Frau die Treppe herauf. Sie war ganz außer Atem, ihre Haare waren aufgelöst, so schnell war sie gelaufen. Sie blickte wild um sich, setzte schließlich eine Brille auf die Nase und atmete auf, als sie die Leute mit dem Spielzeug sah.

„Ach, Gott sei Dank, ich glaube, hier bin ich richtig!" rief sie aus. „Sie erwarten doch auch Ihre Kinder aus Südamerika? Ich habe mich völlig verirrt, bin sieben Rolltreppen rauf- und runtergefahren, dann hat man mich nach Flugplatz Süd geschickt, keiner konnte mir Bescheid sagen ... Ich war in Todesangst, die Ankunft zu versäumen."

Die junge Frau aus Straßburg fragte: „Sie erwarten wohl auch ein kleines Mädchen?" und wies auf die beiden Puppenköpfe, die vorn und hinten aus der Reisetasche hervorlugten.

Die Frau schüttelte den Kopf. „Nicht ein Mädchen! Zwei Mädchen! Da, sehen Sie!"

Und auch sie zog sofort zwei Fotos hervor, verwackelte und verwischte Paßfotos wie alle anderen, und zeigte sie herum mit genau der gleichen Miene wie die anderen, die besagte: Haben Sie schon jemals solche niedlichen Kinder gesehen?!

„Sie heißen Pilar und Blanca. Wir wollten ein Kind aus irgendeinem Land adoptieren, in dem Krieg oder Hunger herrscht. Wir haben Hunderte von Papieren ausgefüllt und sehr lange gewartet, wie sicher alle hier. Manchmal waren wir ganz verzweifelt. Noch ein Papier, noch ein Papier, und keine Spur von irgendeinem Kind! Und eines Tages kam ein Brief, darin fragte man uns, ob wir zwei kleine Indianermädchen aufnehmen wollten, zwei Schwestern, die man nicht trennen wollte."

„Wie traurig und ernst sieht die Ältere aus", meinte der Vater von Antonio und gab das Foto zurück. „Was unseren Antonio betrifft . . ."

Doch da wurde er unterbrochen. Jemand schrie: „Sie kommen! Sie kommen!"

„Liebe Fluggäste, liebe Kinder! Unser Flugzeug landet in wenigen Minuten in Paris. Der Kapitän und seine Besatzung wünschen allen Kindern viel Glück in ihrer neuen Heimat . . ."

Die Kinder rührten sich. Irgend jemand legte ihnen die Sicherheitsgürtel um. Vierzehn Stunden waren sie nun schon unterwegs; waren am Vormittag abgeflogen bis zum neuen Morgen jenseits des großen Wassers. Sie sahen nicht mehr so hübsch und sauber aus wie beim Abflug. Die kleineren hatten längst ihre Kleider bekleckert und besabbert. Einige hatten sich die Höschen vollgemacht. Doña Emilia und die Stewardessen hatten alle Hände voll zu tun mit Waschen und Abtrocknen. Alle waren müde, hatten das Flugzeug nun satt und quengelten.

Als das Flugzeug ausrollte, kaute die kleine Blanca gerade an einem Stück trockenem Weißbrot, war über und über beschmiert, und ihr Näschen lief bis zum Kinn. Sie war sehr ungnädig, als sie aufstehen und an der Hand der Stewardeß aus dem Flugzeug klettern sollte. „Nein!" rief sie, „nein", legte sich quer und machte sich steif wie ein Brett.

Pilar rieb sich die müden Augen, bis sie rot waren. Dann fiel ihr das Wunderbare wieder ein: „Papa! Mama!" Sie begriff: der große Augenblick war nahe. So glättete sie ihr zerknautschtes Hängekleid, zog die bis in die Knie gerutschten Höschen hoch, die sofort wieder hinabrutschten, und warf noch einmal einen Blick auf ihre abgeblätterten Lackschuhe ohne Schnürsenkel. Sie fand sich wunderschön und hochelegant.

„Komm, Baby, komm", sagte sie in beruhigendem Tone zu Blanca und ergriff ihr Händchen. Aber Blanca wollte nicht. Sie war so übermüdet, daß sie mit der ganzen Welt zerstritten war.

„Ich muß sie auf den Arm nehmen", sagte die Stewardeß. Blanca strampelte und stieß ihr die Lackschuhe ins Gesicht. So gingen sie die Treppe hinunter, fuhren zur Ankunftshalle und traten durch die Sperre. „Sie kommen! Sie kommen!"

Pilar hörte Stimmengewirr um sich her. Es waren fremde Laute, aber sie verstand den Tonfall. Eine Menge Leute drängten näher. Sie wich zurück, beinahe weinte sie vor Schreck. Aber die anderen Kinder drängten nach.

Fast im Laufschritt, so wurden sie von allen Seiten geschubst und gestoßen, erreichten sie einen kleinen Raum. Viele Leute strömten mit ihnen zusammen durch die Tür. Pilar sah, wie eine schöne Frau Emperatrice hochhob, sie küßte und rief: „Emperatrice! Emperatrice!" Da legte Emperatrice sofort die Arme um den Hals der Frau und küßte sie auch. Und schon saß Antonio auf dem Boden und untersuchte ein Spielzeugauto, während ein Mann und eine Frau um ihn knieten und immerzu riefen: „Buenos dias, Antonio! Guten Tag, Antonio!"

„Buenos dias!" antwortete Antonio. Er nahm das Dach von seinem Auto und setzte es wieder auf. Die beiden Leute neben ihm legten gerührt die Hände auf seinen Kopf und nickten stolz. Man sah ihnen an, daß sie

Antonio für ein ganz besonders kluges und schönes Kind hielten ...

Eine blonde Frau trug die kleine Consuelo im Arm und weinte bitterlich, sie fand sie so klein und jämmerlich. Zugegeben, sie war trotz Pilars Fläschchen noch nicht viel gewachsen.

Das war also die Mama von Emperatrice, das waren Mama und Papa von Antonio, das war die Mama der kleinen Consuelo. Aber in dem Durcheinander irrte die Stewardeß immer noch mit der strampelnden Blanca umher, die sie gern losgeworden wäre, denn sie beschmierte ihr die schöne Uniform. Wo war Blancas Mama? Wo war Pilars Mama?"

Doch da kam eine kleine Frau durch das Gedränge, stellte sich auf die Zehenspitzen und schrie über die Köpfe hinweg: „Ist das Blanca? Ja, das muß sie sein!"

Die Stewardeß blickte auf das kleine Schild, das mit Büroklammern vorn am Kleidchen befestigt war. Dort stand auf spanisch: „Ich heiße Blanca."

„Das ist sie!" rief die Frau und nahm sie auf den Arm. Irgendwie mußte sie sie dabei gekitzelt haben, denn Blanca begann auf einmal laut zu lachen, konnte nicht mehr aufhören und wand sich vor Lachen wie ein Wurm. Dabei rutschte ihr Kleid bis zum Hals hoch, und man sah das zerfetzte Mickymaus-Hemd.

„Mein armes Kind!"

Blanca lachte und wand sich.

„Halt! Halt!" rief die Frau, als die Stewardeß eilends davongehen wollte. „Ich habe zwei, bitte suchen Sie mir die andere! Sie heißt Pilar."

Pilar war unterdes schon wieder ein Stück weitergedrängt worden, sie stand verloren da und war den Tränen nahe. Die Stewardeß brauchte einige Minuten, um sie zu finden. Sie las das Schildchen auf dem Kleid: „Ich heiße Pilar."

„Da bist du ja", sagte sie, „komm, ich führe dich zu deiner Mama."

Sie nahm Pilar bei der Hand und ging mit ihr durch den Raum. In einem Sessel saß eine kleine Frau mit dunklem Haar, die ganz damit beschäftigt war, Blanca zu bändigen, denn Blanca strampelte und lachte wie toll.

Ihre Blicke trafen sich . . .

Ein zaghaftes Lächeln erschien auf Pilars breitem Indianergesicht. Ihre schrägen schwarzen Augen blickten tief in die blauen Augen der Frau. Diese machte einen Arm frei, streckte ihn aus. Pilar glitt unter den Arm und versteckte sich dort. Es war warm, und sie rührte sich nicht mehr.

Da fiel Blancas Blick auf die Puppen in der Reisetasche. Sie hörte auf zu strampeln, zeigte darauf und meinte: „Für Blanca."

Wirklich holte die Frau eine Puppe hervor und reichte sie ihr. Dann nahm sie die zweite Puppe heraus: „Für Pilar."

Pilar ergriff die Puppe, preßte sie an sich und versteckte sich wieder unter dem Arm. Sie dachte: Das also ist meine Mama.

In der neuen Heimat

Im Mittelpunkt der Stadt Toulouse, einer der größten Städte Frankreichs, in der man vor allem Flugzeuge herstellt, steht auf einem Platz ein großes weiß-rosa Gebäude, das abends von Scheinwerfern angestrahlt wird. Es ist das Opernhaus der Stadt, und es steht in seiner Mitte, weil die Einwohner besessen von Opernmusik sind. Die berühmtesten Sänger der Welt werden knieweich, wenn sie dort ein Gastspiel geben und in den Kulissen auf ihren Auftritt warten.

Einer zum Beispiel, der gerade einen Triumph in der New Yorker Oper erlebt hatte, bekam dort solches Lampenfieber, daß er im Kostüm davonlief, auf die Straße, quer über den Platz; Bühnenarbeiter und Statisten liefen in wallenden Gewändern und mit angeklebten Bärten hinterher und fingen ihn wieder ein. Sie schleppten ihn zurück, der Opernarzt verpaßte ihm schnell eine Spritze, der Regisseur einen Fußtritt, und hast du nicht gesehen, war er auf die Bühne geschleudert, gerade in der Sekunde, als die dicke Sängerin sein Stichwort sang: „Bist du es, edler Ritter?"

„Ich bin es, holde Dame!" schmetterte er.

Er hatte einen Riesenerfolg, mußte dreimal seine Arie mit dem gefährlichen hohen C wiederholen, und dann trug ihn das Publikum auf den Schultern über den Marktplatz, so wie sie es auch mit heldenhaften Stierkämpfern machten.

Denn diese Leute liebten, wie im nahen Spanien, den Stierkampf. Die Oper war auch so etwas wie eine Stierkampf-Arena für sie.

Es ist noch nicht lange her, da brachten sie lebende Enten mit in die Oper. Wenn ein Sänger seine hohe Note verpatzte und statt eines süßen Lautes ein häßliches „Quack“ aus seiner Kehle kam, so nannten sie das eine „Ente“. Passierte dies einem unglücklichen Künstler, so warfen sie alle auf einmal von oben herab ihre Enten auf die Bühne, die mit entsetztem „Quack-quack!“ über die Bühne flatterten und das Orchester übertönten. „Mach, daß du fortkommst, Entenkönig!“ schrie das Publikum, „Buuuh!“ und „Lern erst mal singen!“

Die Sitte mit den Enten ist jetzt polizeilich verboten. Doch niemand kann das Pfeifen und das Scharren mit den Füßen verbieten, und zu der Zeit, wenn die Tomaten reif sind, bringt das strenge Publikum „für alle Fälle“ eine Tüte davon mit in die Vorstellung . . .

An diesem Vormittag regnete es keine halbverfaulten Tomaten auf heisere Tenöre; die Sitze im Saal standen leer. Auf der Bühne probten die Sänger den zweiten Akt der Oper „Carmen“.

„Auf in den Kampf, To-re-e-e-e-ro“, sang der Bariton, der den Escamillo darstellte. Während die schöne Zigeunerin Carmen noch in Rock und Pullover war und gar nicht verführerisch aussah, hatte er bereits die Kostümprobe gemacht. Er sah aus wie ein richtiger Stierkämpfer in den engen schwarzen Hosen und dem glitzernden Bolero. Um die Schulter hatte er ein besticktes Cape geschwungen, in der Hand hielt er den dreispitzigen schwarzen Torerohut.

„Stolz in der Brust,
siegesbewußt —“

Der Dirigent klopfte ab und knirschte mit den Zähnen. „Einen halben Ton zu tief!“ schrie er. In den Kulissen und im Orchester wisperte es.

„Verzeihung, Maestro“, sagte der Sänger, trat von einem Fuß auf den anderen und sah nervös um sich.

Der Dirigent seufzte. „Noch einmal.“ Er hob sein Stöckchen.

„Auf in den Kampf, To-re-e-e-e-ro,
Stolz in der Brust,
siegesbewußt . . .“

Statisten und Chorsänger sahen sich vielsagend an. In den Kulissen tuschelte es.

„Noch nie in meinem Leben“, sagte der Dirigent am Ende des Auftritts bitterböse, „habe ich das in einem solchen Tempo dirigiert. Ich bin mit meinem Orchester nur mit Müh und Not hinterhergaloppiert. Wenn Sie das bei der Premiere machen, ist die Oper eine halbe Stunde früher aus als gewöhnlich. Sie scheinen ja eine sehr eilige Verabredung zu haben!“

„Das stimmt“, gab der Sänger zu und riß sich schon das angeklebte Zöpfchen vom Nacken. „Ich muß ganz eilig fort, bitte mich für den nächsten Akt zu entschuldigen, aber ich erwarte heute zwei Kinder.“

„Ach, mein Lieber“, rief der Dirigent, sofort versöhnt, „warum haben Sie das nicht gleich gesagt? Ihre Frau bekommt ein Kind? Und gleich zwei? Zwillinge? Dann natürlich . . .“

„Neinnein, es sind keine Zwillinge!" rief der Sänger. Die Chorsänger tippten sich an die Stirn und sahen sich vielsagend an. Aber da war er schon, ohne weitere Erklärung, durch die Kulissen davongelaufen. Im Laufen riß er sich das Cape und den Bolero ab, wollte schnell in seine Garderobe, sich umzukleiden, zögerte ... „Wieviel Uhr ist es? Viertel zwölf? Keine Zeit mehr!" und lief, so wie er war, auf die Straße. Er sprang in sein Auto, riß einen Strafzettel wegen falschen Parkens unter dem Scheibenwischer hervor, zerknüllte ihn und warf ihn in den Rinnstein.

Natürlich hatten Leute, die ebenso falsch parkten wie er, sein Auto vorn und hinten eingekeilt. Keine Zeit für zarte Rücksichten, er buffte die Autos ein bißchen mit seiner Stoßstange auseinander, warum klemmten die ihn auch ein, sollten sie sehen, was sie davon hatten, und rum, rum, brauste er in großem Bogen davon, in Richtung Flugplatz. „Schaffe ich es noch? Schaffe ich es noch?"

Das Flugzeug aus Paris landete in dem Augenblick, da er durch die Wartehalle zu den Ausgängen lief. Die Frühlingssonne schien, es war schön warm. Durch die Scheibe sah er die Flugpassagiere die Treppe hinabkommen und quer über die Rollbahn dem Ausgang zustreben. Er wurde immer aufgeregter. Am liebsten hätte er eine Zigarette geraucht, obwohl das so kurz vor der Premiere ein Verbrechen gegen seine Stimme war.

Die Leute um ihn herum sahen ihn von oben bis unten an. War das etwa ein Torero? Die Stierkampfsaison begann hier doch erst im Mai? Komisch . . .

Ein Passagier nach dem anderen näherte sich dem Ausgang. Aber wo blieben die Kinder? Keine Kinder in Sicht. „Ich hab's ja geahnt! Sie kommen nicht, irgendein Stempel hat noch gefehlt, irgendein Papierchen, irgendein Dokument. Aber wo bleibt meine Frau?"

Die letzten Fluggäste kamen heran, dann nichts mehr. Aus!

Doch in diesem Moment trat hinter dem Rumpf des Flugzeugs eine Gestalt hervor, neben der rechts und links ein winziges Kind daherwackelte. „Das kann doch nicht —

die sind doch viel zu klein — ich habe sie mir doppelt so groß vorgestellt — wahrhaftig, das sind sie!"

Ja, sie waren es.

Noch einmal hatten Pilar und Blanca in Paris in ein Flugzeug steigen müssen („Adios!" hatte Doña Emilia leise zu ihnen gesagt), diesmal an der Hand der neuen Mama. Doch sie hatten von dem einstündigen Flug nichts gemerkt, da sie sofort eingeschlafen waren. Jetzt torkelten sie schlaftrunken an Mamas Hand einher, jede hielt ihre Puppe gegen die Brust gedrückt.

„Hier sind unsere Kinder, Pilar und Blanca", sagte Mama. Pilar blickte auf zu einem Mann, den sie sofort ganz besonders fand, ganz anders und viel schöner als alle anderen Leute ringsum. Er trug ein glänzendes Kostüm, er hatte schöne schwarze Locken und ein freundliches Lächeln.

In Pilars Heimat liebt das Volk den Stierkampf ebenso wie in Spanien. Toreros sind Helden, deren Namen jedes Kind kennt. Auch zwischen den Hütten der armen Leute hängen die Corrida-Plakate. Stierkämpfer sind oft als Jungen selbst sehr arm gewesen, durch Todesmut sind sie reich und berühmt geworden, und darum sind sie, neben den Fußballstars natürlich, die wahren Helden der armen Leute.

Pilar erkannte sofort die Ähnlichkeit mit den bunten Plakaten. Sie staunte sehr, als dieser Señor sich zu ihr herabbeugte. Das war doch nicht etwa —?

Da hob er sie schon hoch, küßte sie und sagte: „Guten Tag, Pilar! Ich bin dein Papa!"

„Papa!" wiederholte Pilar sanft.

„Papa!“ schrie Blanca, der das schöne Kostüm egal war und die sich nur freute, weil sie auch hochgehoben und geküßt wurde.

Aber die wunderbaren Überraschungen dieses Tages waren noch lange nicht zu Ende. Sie stiegen in ein herrliches Auto, das Papa gehörte. Jedenfalls kam es Pilar herrlich vor, in Wirklichkeit war es ein Auto wie alle anderen und hatte vorn und hinten sogar ein paar Beulen. Papa setzte sich nach vorn, Mama zwischen sie, sie fuhren schnell davon. Mama und Papa sprachen viel, was Pilar nicht verstehen konnte. Doch sie begriff, daß von ihnen die Rede war. Nach einer Weile stiegen sie aus. Vor ihnen war ein großes weißes Haus mit vielen Fenstern, die himmelblaue Läden hatten und in denen viele kleine rote Blumen blühten. Auch die Tür war himmelblau. Papa öffnete die Tür. Sie traten ein.

Mit Gebell kamen zwei Hunde angelaufen, ein weißer mit langem Fell und buschigem Schwanz und ein kleiner gelber dicker mit Schlappohren und Ringelschwanz. Sie kläfften, so laut sie konnten.

Pilar und Blanca hatten keine Angst vor Hunden. Es hatte viel davon zwischen den Wellblechhütten von Bogota gegeben, und auch auf dem Markt hatten sie überall herumgeschnüffelt. Sie waren sehr mager und mitleiderregend gewesen und hatten niemandem gehört. Diese Hunde hier dagegen waren dick und fröhlich und sprangen an Pilar und Blanca hoch, um sie zu begrüßen.

„Dolly!“ Mama wies auf den buschigen weißen Hund.

„Apollo!“ stellte Papa vor und zeigte auf den kleinen dicken gelben Hund.

Dolly und Apollo, die sich angesprochen fühlten, wedelten mit den Schwänzen, beschnüffelten Pilar und Blanca, und schlapp! fuhr ihnen Dolly mit der Zunge über die Nase. Apollo klappte die Schlappohren hoch, und das hieß: Kommt spielen!

Blanca quietschte und klatschte in die Hände vor Vergnügen. Pilar lächelte und streichelte Dolly. Doch Mama winkte ihnen, weiterzugehen.

Sie gingen durch mehrere Räume und traten wieder zu einer Tür hinaus.

„Aah!" sagte Pilar.

Sie standen auf einer Terrasse, und vor ihnen lag ein großer Garten. Rosen umrankten zu allen Seiten die Terrasse; ihre Blätter sprießten rötlich. Ringsum der Garten war voller Frühlingsblumen, deren Namen Pilar nicht kannte. Noch nie hatte sie so viele Blumen auf einmal gesehen. Sie waren weiß, gelb, rosa, lila, blau. Wie Sterne sahen manche aus und schaukelten auf schlanken Stielen. Über den Gartenzaun hingen Ranken mit dicken Trauben aus hellila Blüten herab, die lieblich dufteten. Mitten im Rasen stand eine Palme, höher als das Dach des Hauses. Sie raschelte im milden Wind mit ihren Fächern. Hinten im Garten war eine Laube, die ebenfalls ganz von Rosen umrankt war.

Mama und Papa winkten ihnen wieder, und sie traten in den Garten hinaus.

„Guck mal, Pilar!" rief Blanca.

Vom Dach erhob sich ein Schwarm weißer Tauben. Mit klatschendem Flügelschlag flatterten sie dicht über ihre Köpfe hinweg.

„Guck mal!" rief da auch Pilar und streckte den Finger aus. (Es war das erste Wort, das sie sagte!) Die Tauben hatten nicht ohne Grund ihr Sonnenbad auf dem Dach aufgegeben. Ein kleiner schwarzer Kater war hinter ihnen auf dem Dach erschienen. Jetzt äugte er nach unten, rief „Miau!" und machte sich über Regenrinnen, Terrassendach und Weinranken an den Abstieg. Er näherte sich, sagte noch einmal höflich zur Begrüßung „Miau!" und strich mit hocherhobenem Schwanz um Pilars Beine.

„Adam!" stellte Papa vor.

Ein zweiter Kater, grau getigert, kam gemächlich und würdevoll durchs Gras heran. Er setzte sich in einigem Abstand und begutachtete die Kinder aus hellgrünen Augen. Blanca lief zu ihm, und er ließ es sich gefallen, daß sie ihn anfaßte.

„Max!" sagte Mama.

Blanca entschied: „Max für Blanca!"

„Gut", antwortete Mama, „Max gehört dir."

Da öffnete auch Pilar den Mund: „Adam für Pilar."

„Einverstanden, Adam gehört dir. Ihr könnt eure Katzen selbst füttern." Und zu Papa gewandt fügte Mama hinzu: „Endlich spricht Pilar auch ein wenig."

„Warte ab. Sie wird dir bald zuviel schwatzen."

Einstweilen war keine Zeit zum Sprechen. Der Tisch im Eßzimmer war gedeckt. Mama wies ihnen ihre Stühle an und legte ihnen Kissen unter, denn ihre Münder reichten kaum an den Tischrand.

Sie saßen gerade und artig da, hatten sie es doch schon im Heim in Bogota gelernt, wie man auf einem Stuhl sitzt, während sie vorher nur auf der Erde gesessen hatten. Sie ergriffen ihre Löffel. Ihre Augen hingen an Mama, die in die Küche ging und wieder zurückkam. Was trug sie wohl da in der Schüssel herbei?

„Suppe", sagte Blanca

Aber siehe da, es war keine Suppe. In der Schüssel befand sich etwas Braunes, Knuspriges. Ein großer gebratener Vogel. Ein Duft stieg empor, der ihnen das Wasser im Munde zusammenzog.

„Huhn", erklärte Mama.

„Huhn", wiederholten sie feierlich.

Papa schnitt mit einem Messer Stücke von dem Huhn ab und legte sie auf ihre Teller. Unter der goldbraunen Haut war weißes Fleisch. Mama legte mit einem Löffel noch andere Dinge dazu und erklärte: „Reis. Erbsen. Karotten."

Pilar und Blanca legten ihre Löffel wieder auf den Tisch. Dazu brauchten sie keine Löffel. Auch Brot und alles Feste aß man ja ohne Löffel. Mit beiden Händen griffen sie in den Berg hinein und stopften sich den Mund voll. Huhn, Reis, Gemüse. Eine Hand stopfte, die andere schob nach. Stille herrschte, wenn man von heftigem Schmatzen absah.

Etwas fassungslos sahen Papa und Mama zu. „Natürlich, es geht auch ohne Löffel, man soll nicht kleinlich sein", sagte Mama zögernd, „aber . . ."

„Später, später", winkte Papa ab.

Es gab noch andere Sachen zu essen und zu trinken, aber Pilar und Blanca untersuchten das gar nicht genauer. Alles, was da auf dem Teller lag, schmeckte sowieso einmalig gut. Unter absolutem Schweigen stopften sie alles in sich hinein. Sie hatten drei Teller mit Huhn, Reis und Gemüse, zwei Teller Obstsalat und mehrere Stücke Brot vertilgt, als Mama und Papa noch nicht ihren ersten Teller geleert hatten. Blanca würgte zum Schluß nur noch.

Dann ergriffen sie ihre Teller und leckten sie mit der Zunge blank. Und zu guter Letzt leckten sie noch alle ihre zehn Finger ab. Uff!

Ihre Augen wurden indessen immer kleiner.

„Zu Bett!" rief Mama.

Sie hob sie vom Stuhl und führte sie eine Treppe hinauf. Dolly und Apollo sprangen immer hinterdrein. Im ersten

Stock war eine mit Blumen bemalte Tür. Als Mama sie öffnete, riefen sie wieder beide im Chor, natürlich auf spanisch: „Guck mal!"

Die Sonne schien durch zwei Fenster und weiße Vorhänge in ein großes Zimmer mit rotgekacheltem Fußboden. Zwei Betten standen nebeneinander in der Ecke, das eine hatte eine grüne, das zweite eine orangefarbene Decke. Bunte Kissen, die die Form von Fischen und Vögeln hatten, lagen darauf. In der Mitte des Fußbodens lag ein gelber Teppich, und darauf standen winzige Korbmöbel für Kinder. In einem Korb lag kunterbunt durcheinander Spielzeug. Zwischen den beiden Fenstern stand eine Rohrtruhe.

„Für Pilar und Blanca!" erklärte Mama und machte eine

Bewegung in der Runde. „Alles, alles für Pilar und Blanca!"

Sie schloß die Fensterläden, schlug die Betten auf und half ihnen beim Ausziehen. Die Hängekleidchen, das ausgeleierte Höschen, der zerfetzte Unterrock, das Mickymaus-Hemd, alles fiel zu Boden und wirkte hier gar nicht mehr so elegant. Doch als Mama Pilar die Schuhe ausziehen wollte, machte sie sich steif. „Nein!" rief sie. „Nein! Meins!"

„Meins!" rief Blanca sofort und hielt ebenfalls schützend die Hände um ihre Lackschuhe. Sie waren so stolz auf diese Schuhe. Sie wollten sie um keinen Preis ausziehen. Nachher waren sie vielleicht verschwunden?

„Nun gut, behaltet meinetwegen eure Schuhe an, ihr Kleinen."

Kaum lagen sie in Nachthemd und Schuhen unter der Decke, da klappten schon ihre Augen zu. Ihre Hände lagen wohlig auf dem gefüllten Magen.

Auf leisen Sohlen schlich Mama hinaus.

Als Pilar die Augen wieder öffnete, wußte sie zuerst nicht, wo sie war. Sie brauchte einige Sekunden, um sich zurechtzufinden: Ach ja; Flugzeug — Mama — Papa — Haus — Dolly und Apollo — Garten — Tauben — Adam und Max — Huhn — Zimmer — Spielzeug — Bett ... Richtig, in diesem Bett lag sie jetzt. Es war weicher und wärmer als das erste Bett ihres Lebens. Doch warum lag Blanca nicht bei ihr? Sie erschrak, aber dann hörte sie Atmen neben sich und erinnerte sich. Blanca hatte jetzt ihr eigenes Bett.

Es war dunkel im Raum. Nur ein schmaler Lichtstrahl drang durch die Tür, die angelehnt war. Nirgends war ein Laut zu hören.

Sie setzte sich auf und lauschte.

Nein, nirgends ein Laut.

Es schien, als seien sie allein.

Allein?

Sie begann zu zittern, und ihre Zähne klapperten aufeinander. Dunkle Erinnerungen wachten in ihr auf: die Wellblechhütte mit den verrosteten Tonnen davor. Irgendeinmal war sie dort nicht allein gewesen. Doch eines Nachts war sie aufgewacht wie in dieser Nacht. Kein Laut mehr, nichts. Niemand mehr als Baby und sie, verlassen. Mit dem Besen aus dem Haus gejagt. Hunger, Regen, Kälte. Mülltonnen. Suche nach alten Knochen, verfaulten Bananen. Der indianische Markt.

Ihr war eiskalt.

Irgendwo entfernt im Hause hörte sie eine Stimme, und eine andere Stimme antwortete deutlich: „Miau!" Ach! Mama war da! Mama, die sich mit einer Katze unterhielt.

Es hielt Pilar nicht mehr im Bett. Sie glitt heraus, öffnete die Tür und ging die Treppe hinunter.

Unten in dem großen Raum brannte ein Feuer im Kamin. Mama saß davor auf dem Teppich und blickte starr in etwas, was sie in der Hand hielt. (Es war ein Buch, und Mama las, aber woher sollte Pilar wissen, was ein Buch ist und was lesen bedeutet?) Mit der anderen Hand kraulte sie Adam, der zusammengerollt neben ihr lag. Dolly und Apollo lagen lang ausgestreckt auf dem Teppich. Max saß oben auf einem Schrank und blickte unbeweglich ins

Feuer. Es sah aus, als grüble er über tiefe Probleme nach, tatsächlich aber dachte er an gar nichts.

Das Feuer knackte und knisterte.

Mama hob den Kopf und lächelte. „Hallo, Pilar! Willst du nicht mehr schlafen?"

Pilar blieb auf der letzten Stufe stehen. Ihre Blicke irrten umher und gingen in alle Winkel. „Papa?" fragte sie beunruhigt.

Mama schüttelte den Kopf.

„Papa!" beharrte Pilar.

Mama machte eine Bewegung mit der Hand, die Pilar so verstand: „Papa ist fort."

Wie ein Wasserfall kamen die Tränen aus ihren Augen. Papa war fort. Fort, fort für immer. Sie hatte es ja geahnt! Er war nur kurz erschienen, dieser Papa, und schon war er wieder verschwunden, auf Nimmerwiedersehn.

„Papa! Papa!" schrie sie.

Mama sprang auf und nahm sie in den Arm. Sie redete auf sie ein, aber wie sollte Pilar diese fremde Sprache verstehen? Mama versuchte ihr zu erklären, daß Papa arbeitete, daß er nicht wie andere Papas am Tage, sondern abends und in der Nacht arbeitete; sie holte sogar ein spanisches Wörterbuch hervor und las daraus ab:

„Papa arbeiten — singen — warten!"

Aber auch auf spanisch verstand Pilar das nicht. Wie sollte sie auch begreifen, daß Papas Arbeit darin bestand, abends auf der Bühne zu stehen und zu singen? Eine komische Arbeit. Singen war keine Arbeit, man sang, weil man sehr lustig oder sehr traurig war oder vor allem, weil man zu viel Feuerwasser getrunken hatte. Auch hatte

Pilar noch nie im Leben ein Theater oder eine Oper gesehen und konnte sich daher unter all dem nichts, aber auch gar nichts vorstellen.

Papa war fort, hatte sie verlassen, war weg, spurlos verschwunden. Nie würde sie ihn wiedersehen. „Papa! Papa! Papa!" schrie sie und sank auf der Treppe zu einem Häufchen Elend zusammen.

Sie wehrte sich nicht, als Mama sie hochhob und ins Bett zurücktrug. Sie ließ sich streicheln. Mamas Stimme war beruhigend. Ihr Schreien wurde schwächer. Lange Zeit wimmerte sie vor sich hin, während Blanca sich im Schlaf rührte und zufrieden grunzte.

Plötzlich stockte sie. Ein Auto kam draußen näher. „Papa! Da!" rief sie und setzte sich hoch.

„Nein, das ist noch nicht Papa, es ist zu früh", sagte Mama. Sie war erstaunt, daß Pilar das Geräusch eines Autos erkannte und richtig schloß, daß Papa mit dem Auto weggefahren sei. Vielleicht versteckte sich in dieser kleinen Wilden ein kluges kleines Mädchen?

Noch mehrere Autos fuhren vorbei. Pilar weinte leise weiter.

Als endlich ein Auto vor der Tür bremste, hatte sie sich schon fast in den Schlaf geweint. Sofort setzte sie sich hoch. „Papa!"

Ja, es war endlich Papa. Ein Papa, der müde, doch recht zufrieden von der Arbeit kam. Zwar hatte den Tenor ein rohes Ei, von oben von der Galerie herabgeworfen, direkt auf die Nase getroffen (Tomaten waren teuer, Eier ziemlich billig zu dieser Jahreszeit); aber ihm hatte das Publikum, obwohl in übelster Laune, nichts getan. Sogar ein paar Bravos waren von ganz oben, wo die Allerbösesten saßen, seiner Arie gefolgt, und mehr konnte man an diesem Abend nicht verlangen. Insgeheim tat ihm der Tenor nicht besonders leid, weil er ein aufgeblasener Gockel war, dem eine kleine Warnung nur guttun konnte. Er fuhr nach Hause, und während es in seinem Kopf noch summte: „Auf in den Kampf ...", dachte er: Ob meine Kleinen schön schlafen? Wie niedlich sie sind! Ich habe in meinem Leben nicht so niedliche Kinder gesehen!

„Papa! Papa!" schrie es ihm von oben entgegen. Er eilte mit großen Sprüngen die Treppe hinauf. Pilar saß im Bett. Sie streckte die Arme nach ihm aus und umhalste ihn. Ein tränennasses Gesicht preßte sich gegen seine Wange.

Endlich war sie ruhig. Ihr aufgeregtes Herz klopfte gemächlicher. Im Dunkeln tastete sie Papas Gesicht mit den Fingern genau ab. Das waren Papas Augen und seine Wimpern. Seine Stirn. Das Haar. Die Nase, der Mund. Das Kinn. Genau fuhr sie alles mit dem Finger nach.

Dann nahm sie Papas Hände und befühlte sie ebenfalls.

Als sie beim zehnten Finger angelangt war, war sie eingeschlafen und schlief nun friedlich bis zum nächsten Morgen.

So gingen ihr erster Tag und ihre erste Nacht jenseits des großen Ozeans vorüber.

Eifersucht und Bonbons

Die Morgensonne drang durch die Ritzen der Fensterläden. Es war nun fast hell im Zimmer. Pilar erwachte, und zur gleichen Zeit räkelte sich Blanca, die wie ein Brummbär geschlafen hatte. Sie richtete sich auf, sehr erstaunt: „Heh, Pilar, guck mal!"

Beide rieben sich die Augen und besichtigten zum ersten Male richtig das Zimmer. Hopp, waren sie aus dem Bett, saßen auf dem Boden und wühlten in dem Spielzeugkorb. Man hörte sie wispern und kichern: „Oh, ah, guck mal, was ist das?" Blanca zerriß ein Bilderbuch in lange Streifen, sie fand das Geräusch des Zerreißens so lustig. Streit entstand um einen Hampelmann, den sie Pilar entreißen wollte.

„Meins!"

„Nein, meins!"

Pilar war die Stärkere und blieb Siegerin. Sie hielt den Hampelmann gegen die Brust gedrückt, während Blanca mit den Füßen nach ihr trat. Zum ersten Mal in ihrem Leben wollte sie etwas nicht mit ihrer kleinen Schwester teilen, sondern für sich allein besitzen . . .

Schon öffnete Blanca den Mund, um zu schreien, da fiel ihr Blick auf die Rohrtruhe, die zwischen den Fenstern stand. „Psst, Pilar, was ist das?" Der Truhendeckel war schwer und knarrte, als sie ihn gemeinsam hochstemmten. „Oooh, guck mal . . ."

Die Truhe war voller Kleider. Kleider für wen? Was hatte Mama doch gestern durch Bewegungen erklärt? „Alles hier ist für Pilar und Blanca!"

„Für Pilar!" sagte Pilar.

„Für Blanca!" sagte Blanca.

Vier Hände und vier Arme tauchten in die Tiefe und packten sich voll Kleider, Pullover, Hemden und Hosen. Auf dem Teppich häufte sich ein Kleiderberg. Und noch mehr Kleider. Und noch mehr Pullover. Rot, grün, blau;

mit Streifen, mit Punkten, mit Blumen, mit kleinen Hunden drauf. Mit Schleifen. Mit Spitzen.

Sie versanken fast in dem Berg. Sie wühlten atemlos. Pilar griff sich ein rosa Kleid mit weißem Kragen und zog es über ihr Nachthemd. Blanca stülpte sich eine Hose über den Kopf und verhedderte sich darin. Pilar zog ein zweites Kleid aus dem Haufen, himmelblau, mit bunten Vögeln auf den Taschen. Sie zog es über das rosa Kleid. Blanca fand aus der Hose heraus und zog eilig einen Pullover über, den Rücken nach vorn. Pilar zog ein gelbes Kleid mit grünen Punkten über das blaue Kleid.

Aber damit war Blanca nicht einverstanden. Dieses Kleid gefiel ihr auch. „Meins!"

„Nein, meins!"

Blanca zerrte an einem Ärmel, Pilar am anderen. Noch nie im Leben war sie so wütend auf ihr Baby gewesen.

„Meins!"

Die Stimmen wurden lauter, ein Ärmel riß ab, und Blanca fiel auf den Hosenboden. Jetzt wollte Pilar das Kleid auch nicht mehr haben. Sie warf es hinter sich. Bei so viel Auswahl! Ein gestreifter Pullover wurde über das blaue Kleid gezogen. Ein Unterrock mit Spitzen folgte.

Immer hastiger griffen ihre Hände in den Berg, der kein Ende nehmen wollte, immer mehr zogen sie übereinander. Bald sahen sie aus wie zwei Tonnen, besonders Pilar. Zu ihrem Bedauern schaffte sie es nicht mehr, noch diesen roten Pullover über das weiße Kleid zu ziehen.

„Meins! Meins!" Sie warfen die restlichen Kleider in die Luft, fingen sie wieder auf, wälzten und rollten und vergruben sich darin. „Meins! Meins!" kreischten sie.

So fand sie Mama, als sie zur Tür eintrat.

Ein bißchen betreten hielten sie an. Mama staunte über den Anblick. Sie staunte überhaupt viel seit gestern.

Es war für Mama nicht leicht, Pilar und Blanca anzuziehen. Sie wollten alles anbehalten. Mißtrauisch schielten sie nach den Kleidern, die wieder in der Truhe verschwanden, und neidisch auf das Kleid der Schwester. Warum trug Blanca rote Söckchen und Pilar blaue? Die roten erschienen Pilar auf einmal viel schöner. Blanca fand dagegen, daß nichts über blaue Söckchen ging . . .

Die Waschzeremonie unterbrach diese giftigen Gedanken. Mama zeigte ihnen, wie man sich ordentlich die Zähne putzt. Beide hatten ganz schwarze Zähne. Mama zeigte ihre eigenen, die weiß waren. Sie nickten. Natürlich, solche weißen Zähne wollten sie auch gern haben. Mit Feuereifer putzten sie sich also die Zähne. Die weiße Krem schmeckte sehr gut, leider mußte man sie ausspucken. Übrigens: Warum hatte Blanca die schöne gelbe Zahnbürste und sie, Pilar, nur eine rote? Die gelbe war viel schöner . . .

Zum Essen gab es andere wunderbare unbekannte Speisen. Papa, der lange geschlafen hatte, setzte sich an einen großen Kasten, den er aufklappte. Innen waren viele Zähne, weiße und einige schwarze. Papa tippte mit den Fingern darauf. Das machte Musik. Pilar und Blanca durften diese Zähne auch berühren. Wenn man sie nur antippte, gaben sie einen Ton von sich. Wenn man mit Fäusten draufhämmerte, dröhnte es.

Schade, Mama zog sie aus dem Zimmer. „Papa arbeitet." Papa arbeitete gar nicht. Er sang. Hatte er zu viel Feuerwasser getrunken? Seine Stimme kletterte nach oben und wieder nach unten. Und wieder nach oben. Besonders schön sang er nicht und immerzu dasselbe.

„Pst, Pilar!" Blanca hatte wieder etwas entdeckt. Was gab es nicht alles zu entdecken in diesem Haus, das überall Zimmer, Treppen, Kammern, Türen und so viele dunkle Winkel hatte?!

Ein Korb mit Obst stand da. Orangen, Äpfel, Bananen. Hm, Orangen, ganz frisch. Pilar blickte sich nach allen Seiten um. Papa sang lalala und blobloblo und mimimi, ganz furchtbar laut. Mama rührte in der Küche in einem Topf. Nur Max saß in der Nähe auf einem Tisch und sah sie scharf an. Aber Max zählte nicht.

Mit geübten Fingern ließ Pilar zwei Orangen unter ihrem Kleid verschwinden. Schnell ein Versteck, wo man sie ungestört aufessen konnte. Sie schlichen die Treppe empor. Die Tür zum Kinderzimmer knarrte ein wenig, und sie horchten einen Augenblick. Keine Gefahr. Nur Adam lag zusammengekringelt auf Pilars Bett und hob nicht einmal den Kopf. Adam zählte auch nicht.

Pilar und Blanca krochen unters Bett. Dort verteilten sie die Orangen und aßen sie auf. Vielmehr sie stopften sie in sich hinein, mitsamt der Schale.

Inzwischen wunderte sich Mama unten über die Stille. „Wo sind denn die Kinder? Man hört ja keinen Ton?"

Sie blickte in den Garten, ins Wohnzimmer und durch die Glastür in Papas Musikzimmer. „Sie werden im Kinderzimmer sein."

Sie ging hinauf.

Im Kinderzimmer herrschte Stille. „Nein, hier sind sie auch nicht."

Aber Dolly und Apollo, die ihr wie immer auf Schritt und Tritt gefolgt waren, schnüffelten unter den Betten. Apollo kläffte freundlich und wedelte mit dem Schwanz.

„Was hast du denn, Apollo?" Sie bückte sich.

Unter dem Bett lagen Pilar und Blanca und rührten sich nicht, ihre Augen funkelten unruhig.

Mama staunte wieder einmal. „Was macht ihr denn da? Da ist es zu staubig zum Spielen, da habe ich nicht saubergemacht. Kommt nur lieber hervor."

Nur widerwillig krochen sie ans Tageslicht. Sie blieben mit gesenkten Köpfen vor ihr stehen. Merkwürdig, das sah nach schlechtem Gewissen aus?! Plötzlich begriff Mama. Saft lief ihnen noch übers Kinn und hatte ihre schönen Kleider bekleckert. Auch scharrte Apollo die Reste einer Apfelsinenschale unter dem Bett hervor.

„Ihr armen Kleinen, hier braucht ihr keine Apfelsinen mehr zu stehlen! Kommt, wir waschen uns die Hände und den Mund."

Zu Papa sagte sie unten: „Ich glaube, es wird nicht leicht sein, ihnen klarzumachen, daß sie nicht mehr zu stehlen brauchen."

„Gib ihnen noch eine Banane und alles, was sie wollen", sagte Papa, „mimimimi — dododododo . . ."

Es klingelte. Er unterbrach seine Stimmübungen und sagte leise etwas sehr Unfreundliches. „Immer deine Freundinnen, diese rücksichtslosen Klatschbasen! Nicht eine Minute kann man ungestört in diesem Hause arbeiten. Warum ist die Haustür auch nie verschlossen? Alle Welt spaziert hier rein, wie es ihr paßt. Ich werde ein Sicherheitsschloß anbringen."

„Das sagst du schon seit Jahren. Und wer hat sämtliche Hausschlüssel verloren, wer wohl?! Im übrigen ist es nur normal, daß meine Freundinnen die Kinder begrüßen wollen."

„Ja, pure Neugier und Sensationslust", schimpfte Papa, „ich werde ihnen gehörig meine Meinung sagen." Er unterbrach sich. Mamas Freundin, Madame Simone, trat ein. „Guten Tag, Simone, wie nett, daß Sie uns besuchen", sagte er.

Mama räusperte sich ironisch.

„Dein Mann ist immer so liebenswürdig", erklärte Madame Simone, „der meine ist ein richtiger Muffel, was meine Freundinnen betrifft. Aber nun sag doch: Wo sind die Kinder? Wie sind sie? Wie klappt alles?"

„Es sind die bezauberndsten Kinder der Welt", antwortete Mama und sah dabei sehr eingebildet aus. „Ich will nicht prahlen, aber wenn ich die anderen Kinder ringsum sehe, finde ich außerdem, daß sie tausendmal hübscher sind."

„Die Schönheit ist Nebensache", rügte Papa, obwohl er natürlich genauso eingebildet war wie Mama.

„Natürlich ist sie Nebensache, aber es freut einen doch ... Sie sind in jeder Hinsicht vollkommen. Zärtlich, sanft, lieb, intelligent ..."

„Musikalisch!" fügte Papa hinzu.

„Ach! Wie haben Sie das so rasch festgestellt?"

„Das spürt man", behauptete Papa, der keinerlei Beweise hatte, wenn man von ihrem Klaviergeklimper absah.

„Also keinerlei Schwierigkeiten? Keine Probleme?"

„Überhaupt nicht! Selbstverständlich müssen sie ein paar Kleinigkeiten lernen, zum Beispiel, nicht mit den Händen zu essen; aber seitdem ich ihnen erklärt habe, daß man etwa Gemüse mit dem Löffel ißt, legen sie es mit den Händen auf ihren Löffel und stecken dann den Löffel in den Mund. Das ist schon ein Fortschritt, nicht wahr, und zeigt, wie schnell sie lernen! Ich bin sicher, daß sie heute abend schon nicht mehr mit Schuhen ins Bett gehen. Du siehst, es sind nur Kleinigkeiten . . ."

In diesem Moment kamen Pilar und Blanca herein, Adam und Max im Arm.

Ganz unrecht hatte Mama nicht: seit sie gewaschen und gekämmt und hübsch angezogen waren, zeigte es sich, daß sie bildhübsche Kinder waren. Niemand, der sie auf dem indianischen Markt gesehen hatte, hätte das geglaubt. Ihr Haar, dicht über den Brauen zu einer Ponyfrisur geschnitten (alle Indianer Südamerikas tragen diese Frisur, auch die Männer), glänzte pechschwarz und glatt. Ihre goldbraunen Wangen waren leicht gerötet, die ausgeruhten Augen glitzerten.

„Wie entzückend!" rief Madame Simone zu Mamas und Papas Freude, kniete vor ihnen nieder und wollte sie umarmen. Beide ließen ihre Katzen fallen und wichen zurück. Ihre Gesichtchen wurden maskenhaft.

„Sie sind noch sehr scheu", sagte Mama.

Es klingelte.

Papa klappte den Klavierdeckel mit lautem Knall zu.

Herein trat eine andere Freundin, Madame Caroline. Diese hatte Papa besonders gefressen. Sein Begrüßungslächeln war leicht verkrampft.

„Bonjour, bonjour!“ rief sie. „Was höre ich, lieber Freund, man hat Ihnen gestern abend ein Ei an den Kopf geworfen?! Dieses böse, böse Publikum!“

„Nein, Sie irren sich, nicht mir, sondern dem Tenor!“ beeilte sich Papa zu sagen, doch Madame Caroline beachtete ihn nicht länger. Sie stieß einen Entzückensschrei aus: „Oh, diese Kinder! Wie süß, wie reizend, wie wonnig, wie winzig, wie bezaubernd! Oh, diese Schätzchen! Guten Tag, meine Lieblinge! Ich bin eure Tante Caroline!“

Pilar und Blanca wichen noch einen weiteren Schritt zurück und blickten durch sie hindurch, als wäre sie Luft.

„Seht, was ich euch mitgebracht habe!“ Ohne sich entmutigen zu lassen, reichte sie ihnen zwei Beutelchen mit Bonbons.

Pilar und Blanca griffen danach, doch ihre Miene verzog sich nicht und zeigte keine Spur von höflicher Dankbarkeit. Dann warf jede einen Blick auf den Bonbonbeutel der anderen. Pilar griff nach Blancas Beutel, Blanca griff nach Pilars Beutel, denn jeder erschien der andere schöner.

„Meins!“

„Nein, meins!“

„Für Pilar!“

„Nein, für Blanca!“

Sie fielen übereinander her, die Beutel platzten, Bonbons regneten durch das Zimmer.

Madame Simone bemerkte: „Ich denke, sie sind so sanft?“

Madame Caroline ihrerseits bemerkte: „Was für eine Sprache sprechen die eigentlich? Die sprechen ja noch wie zwei Babys!“

Es klingelte.

„Nein!“ schrie Papa mit seiner lautesten und tiefsten Bühnenstimme und sprang auf. „Genug! Wollt ihr die Kinder wahnsinnig machen? Hinaus! Hinaus!!“

„Jetzt habe ich drei Freundinnen verloren“, seufzte Mama, als sie mit den Kindern allein waren, und sammelte die Bonbons auf. „Aber du hast schon recht. Wie immer, hm, hm! Und diese widerlichen Bonbons werfe ich gleich in den Mülleimer.“

Ach, hätte Papa nur ein Sicherheitsschloß an der Tür angebracht! Oder anbringen lassen, da er selbst zu ungeschickt dazu war. Oder hätte er wenigstens nicht sämtliche Hausschlüssel verloren!

Es klingelte seit zwei Tagen pausenlos. Gleichzeitig traten die Leute schon ein, sie waren es so gewohnt. Manchmal klingelten sie nicht einmal, sondern standen plötzlich in der Küche, und Mama schrie: „Huch, haben Sie mich erschreckt!"

Zwischendurch klingelte das Telefon. Nachbarn drückten sich die Nasen am Fenster platt und umstanden in Gruppen die Haustür.

„Ach, diese reizenden Kinder, hat man so etwas schon gesehen, diese Schlitzaugen, sie sehen aus wie die Eskimos, diese platten Näschen, dieses rabenschwarze Haar..."

Nachbar Manuel, ein armer Spanienflüchtling, weinte in ein kariertes Taschentuch vor Rührung und versuchte vergeblich, mit Pilar Spanisch zu sprechen.

Mama warf kiloweise Bonbons in den Mülleimer. Im Kinderzimmer sammelte sich Spielzeug an. Alle Leute schienen die Gelegenheit zu benutzen, ihre Böden von altem Spielzeug zu entrümpeln und abgelegte Kleider ihrer Kinder loszuwerden. „Nur ein bißchen eingerissen und abgeschabt, aber noch zu schade zum Wegwerfen!"

Allein fünf alte Puppenwagen standen windschief in der Diele.

Pilar und Blanca prügelten sich den ganzen Tag um die Geschenke. „Was für Kratzbürsten!" meinten die Besucher. „Richtige Wildkatzen! Kleine Tigerinnen! Mit denen werdet ihr noch euer blaues Wunder erleben!"

„Als sie ankamen, waren sie noch sanft und hatten sich lieb", sagte Mama verzweifelt.

In der Tat konnte Pilar ihre Schwester jetzt gar nicht mehr leiden. Um ehrlich zu sein, sie hätte gar nicht dazusein brauchen. Sie wünschte sie dorthin, wo der Pfeffer wächst. Blanca hätte ebensogut auf dem indianischen Markt bleiben können. Oder, da das ein bißchen hart war, sich mindestens einen anderen Papa und eine andere Mama aussuchen können. Denn dieser Papa und diese Mama gehörten ihr, Pilar, sie wollte sie für sich ganz allein. Und auch die Kleider und das Spielzeug wollte sie nicht mehr teilen. Immer hatte sie alles geteilt, immer hatte Blanca sogar das Beste bekommen, weil sie so klein war, immer hatte sie sie mit sich herumgeschleppt. Jetzt hatte sie das satt!!

„Meins! Meins!"

Sie stritten sich sogar um die Augen und Ohren von Papa und Mama. Das rechte für Pilar, das linke für Blanca. Krieg entstand um Papas Nase, die leider nur einmal vorhanden war ...

„Pilar ist zu eifersüchtig", bemerkte Mama, „und dabei passe ich doch so auf, zu beiden gleich nett zu sein!"

„Eben", antwortete Papa, „Pilar möchte, daß du zu ihr netter als zu Blanca bist. Denk doch nur, was das bedeutet: Eltern geschenkt zu bekommen! Für andere Kinder ist das nichts Besonderes, die Eltern waren immer da, und oft sind sie nicht einmal mit ihnen zufrieden. Aber diese beiden ... Übrigens: hast du irgendwo meine Stimmgabel gesehen?"

„Wie immer, im Notenregal neben dem Klavier."

„Da ist sie gerade nicht. Ich suche und suche ..."

„Das kommt davon, wenn man so liederlich ist wie du und alles herumwirft."

Das Telefon klingelte.

Es war Madame Simone. Durch ihren Tonfall gab sie zu verstehen, daß sie beleidigt war und daß man ihr Unrecht getan hatte.

„Oh, ich will in keiner Weise stören, es liegt mir fern, Leute zu belästigen! Aber habe ich nicht zufällig mein Feuerzeug bei euch liegengelassen? Ein kleines silbernes Feuerzeug mit meinem Namenszug? Bei dem plötzlichen Aufbruch neulich, nun ja ... Ich glaube, ich hatte es auf den kleinen Tisch im Musikzimmer gelegt."

„Warte, ich werde nachsehen."

Mama sah nach und kam zurück. „Nein, ich kann es nirgends finden."

„Zu dumm. Ich könnte schwören, daß ich es bei euch liegengelassen habe. Ruf mich an, wenn du es findest."

„Gut, das werde ich machen."

Sie hängte ein und sagte zu Papa: „Ich gehe jetzt mit den Kindern zur ärztlichen Untersuchung. Nur — äh — hast du vielleicht meine Brille gesehen? Ich kann und kann sie nicht finden!"

„Und eben bemerkst du noch, daß *ich* alles herumwerfe! Bravo, bravo! Nein, ich habe deine Brille nicht gesehen."

„Zu ärgerlich", meinte Mama, „das passiert mir doch sonst nicht. Habe ich sie etwa zufällig auf der Nase? Auch nicht. Ich bin doch sonst ordentlich! Das kommt nur von dem Durcheinander mit den Kindern, man ist halt ein bißchen zerstreut ..."

Antonio ist kein Baby

Schon bei der ersten Begegnung mit seinen neugeschenkten Eltern, Monsieur und Madame Martin, hatte Antonio, schlau wie er war, begriffen, daß es nicht tragisch war, schmutzig zu sein. Im Gegenteil.

Zwar verstand er die Sprache nicht, die seit Landung des Flugzeugs um ihn herum gesprochen wurde, aber er verstand doch sehr viel aus Gesten und Mienen. Wie diese Leute die Augen aufschlugen und einen sanften Ton in ihre Stimme legten, wie sie seine schwarzen Fingernägel und zerkratzten Hände betrachteten, über sein struppiges Haar strichen und seinen Anzug betasteten! Er erregte nicht Abscheu, wie gewöhnlich, sondern Mitleid. Er verstand auch, anders als Pilar, sehr rasch, daß dieser Anzug, auf den er vor wenigen Stunden beim Abflug noch so stolz gewesen war, bei der Landung keinen Peso mehr wert war, sogar Kopfschütteln erregte.

Antonio fand seine Eltern zwar sehr freundlich, aber auch ein wenig zu fein. Sie waren sauber, sozusagen glänzend, ihre Kleidung sah aus wie gerade neu gekauft, und die Frau hatte sogar blondes Haar, im Lande der schwarzhaarigen Kolumbianer der Gipfel aller Schönheit.

Sie redeten immerzu auf ihn ein, und er nickte ab und zu, damit sie sich beruhigten, und dachte innerlich: Abwarten!

Schließlich nahmen sie ihn in die Mitte, ergriffen seine Hände und verließen die Halle. Im Vorübergehen blinzelte er Doña Emilia noch einmal zu wie einer Komplizin, und sie blinzelte zurück und lächelte.

„Adios, Antonio!"

„Adios!"

Nach einigen Schritten blieb der Monsieur Papa stehen und nahm Antonio auf den Arm. Noch nie im Leben, jedenfalls, solange er sich erinnern konnte, hatte ihn jemand auf den Arm genommen! Er dachte an den indianischen Markt und genierte sich. Zugegeben, er war müde und hatte keine Lust zum Laufen, auch war es nicht unangenehm. Aber ahnten diese Menschen nicht, daß er ein zukünftiger Schuhputzer, fast, beinahe, um ein Haar schon ein Schuhputzer war und daß er sich schon manchen Peso im Leben verdient hatte? Und daß er Carlos, den König der Taschendiebe, persönlich kannte?!

Die Martins wohnten in einem Vorort von Paris, gar nicht weit vom Flugplatz entfernt. Herr Martin war dort Arzt in einer dieser großen modernen Wohnsiedlungen, und seine Frau half ihm in der Praxis. Die Praxis befand sich im Erdgeschoß, die Privatwohnung aber ganz oben, zehn Stockwerke hoch.

So kam es, daß Antonio, nachdem seine Reisekleidung von ihm gefallen und von Madame Martin mit spitzen Fingern davongetragen worden war, zuallererst als Nakkedei einer gründlichen Untersuchung unterzogen wurde. Auch dabei hörten das „Olala!" und "T-t-t-t!" und andere mitleidige Ausrufe nicht auf. Antonio wurde gewogen und zu leicht befunden. Er wurde gemessen und zu klein befunden. Überhaupt schien den neuen Eltern nicht viel an ihm zu gefallen! Seine Beine zum Beispiel fanden sie offenbar nicht schön genug. Als ob es darauf ankam, daß sie vielleicht ein bißchen krumm waren! Er war mit diesen seinen krummen Beinen immer schnell genug gelaufen, wenn's drauf ankam.

Eine lange Narbe auf seinem Bauch erregte sie besonders, und seinen verkrüppelten Finger drehten sie nach allen Seiten, als gäbe es daran etwas Besonderes zu sehen. Er hätte ihnen auch nicht sagen können, woher er das hatte. In seiner Erinnerung hatte er nur immer auf der Straße und auf dem indianischen Markt gelebt. Nicht immer ganz leicht, dieses Leben, aber es hatte auch angenehme Momente gegeben! Ein bißchen Sonne etwa, eine Schale Reis, von irgendeiner Hand gereicht . . .

Jetzt schien es überhaupt nur noch angenehme Momente zu geben. Der einzige Fehler war, daß man nicht mehr so recht machen konnte, was man machen wollte. Die Eltern entschieden alles für ihn. Antonio beschloß, es sich einstweilen gefallen zu lassen. Abwarten!

„Der arme kleine Junge hat noch keine Miene verzogen", sagte Madame Martin, die Antonios unbewegliches Gesicht natürlich nicht durchschauen konnte. „Er ist noch völlig verwirrt."

Antonio ließ sich in Schaum baden und wie ein Prinz in einen rot-blau gestreiften Frotteebademantel wickeln. So angekleidet wurde er von einem Zimmer zum anderen getragen und in ein schneeweißes Bett gelegt. Die schöne blonde Mama brachte ein Tablett mit Milch, Brot, Käse und Obst ans Bett und fütterte ihn eigenhändig. Er brauchte nur den Mund aufzusperren und zu kauen. Nun ja. Abwarten! Zu guter Letzt bekam er noch einen Kuß mitten auf den Mund, was ihm ausgesprochen unangenehm war.

Vielleicht gewöhne ich mich dran. Diese Leute scheinen ja wirklich nichts Böses im Sinn zu haben. Trotzdem weiß ich nicht recht, was die eigentlich von mir wollen? Jedenfalls lasse ich mich nicht so schnell einfangen. Antonio geht in keine Falle! Abwarten!

Und Antonio beobachtete. Er hatte mit flinken Blicken seine neue Umgebung erfaßt und sich gemerkt, was er bei nächster Gelegenheit untersuchen wollte. Das Zimmer, in dem man ihn allein gelassen hatte, in weiße Kissen gepackt wie einen feinen Säugling, blinkte wie ein Spiegel. Alles war weiß, hell, neu und glänzte. Im Schrank, im Fußboden, in den Fensterscheiben konnte man sich spiegeln. Nirgends eine dunkle, staubige Ecke, um sich selbst oder etwas anderes zu verstecken.

Antonio sagte sich, daß es gewiß unpassend wäre, auf diesen Fußboden zu spucken. Aber wohin sollte er spukken wie gewöhnlich? Daran hatte hier niemand gedacht. Wohin spuckten diese Leute? Schon spürte er es kratzen im Hals, mußte sich räuspern und spuckte aus, mitten auf den Boden.

Das Fenster zog ihn an. Er stieg aus dem Bett, sah noch einmal verwundert an seinem Pyjama mit den kleinen bunten Teddybären hinab, rückte einen Stuhl ans Fenster und preßte die Nase gegen die Scheibe.

Es war fast, als blickte er aus dem Flugzeug. Himmel ringsum mit Wolken, und darunter flache weiße Dächer von unzähligen Häusern mit noch mehr Fenstern. Als er auf dem Arm von Monsieur Martin eingetreten war, hatte

er gesehen, daß ein Rasen mit Blumen ihr riesiges Haus umgab. Es war eigentlich kein Haus, sondern eher ein Turm, und jetzt konnte er den Rasen nicht mehr sehen, so hoch war sein Fenster.

Antonio beschloß, das Fenster zu öffnen. Es beunruhigte ihn, so hoch in der Luft zu wohnen und den festen Boden unter sich nicht zu sehen. Fenster, noch dazu geschlossene, waren etwas, woran er sich auch im Heim erst hatte gewöhnen müssen. Es war ihm wohler, wenn sie offen waren und er im Notfall hinausspringen konnte.

Aber das Fenster widerstand. Vielleicht, wenn er den Griff andersherum drehte?

Da öffnete sich die Tür, und vier Kinder mit Schultaschen und Mänteln stürmten herein. Es waren die Kinder von Monsieur und Madame Martin, und sie hatten heute in der Schule wie auf Kohlen gesessen.

„Hallo, Antonio!"

„Wie geht's, Antonio?"

„Willst du 'nen Bonbon, Antonio?"

Die beiden Jungen, Paul und Jean, waren zehn und acht Jahre alt. Fanny und Annie waren Zwillinge und sieben Jahre alt. Sie alle hatten Haare so blond wie Stroh, waren viel größer und stärker als Antonio, und ihre roten Wangen glänzten wie Äpfel.

Sie hoben ihn wie eine Puppe vom Stuhl. „Oh, wie leicht er ist!"

Antonio beschloß, abzuwarten und seine Würde zu bewahren, trotz alledem.

„Ach, er versteht uns ja nicht!" Sogleich begannen sie zu schreien wie mit einem Schwerhörigen; denn viele denken, wenn jemand ihre Sprache nicht versteht, muß man nur möglichst laut sprechen, dann geht es. Schließlich nahmen sie ihre Hände zu Hilfe, erfanden eine Art Zeichensprache und schnitten Grimassen. All das amüsierte sie sehr, und sie lachten aus vollem Herzen.

Antonio lachte nicht, er nickte ab und zu aus Höflichkeit und beobachtete sie stumm. Dieser Große da, der mir ständig wiederholt wie einem Idioten, daß er Paul heißt, könnte nicht einmal eine Tomate klauen. Da bin ich sicher. Und der andere (denkt der, ich bin blöd, ich habe längst begriffen, daß er Jean heißt) sieht aus wie ein Mädchen mit seinen Haaren und der Schleife um den Hals. Dafür, daß sie so groß sind, scheinen sie ganz schön zurück zu sein. Die beiden Mädchen sind ja wirklich fein und hübsch mit ihren blonden Haaren, aber was zupfen die an mir herum?

In der Tat gaben die Kinder rasch auf, den neuen Bruder wie ihresgleichen zu behandeln. Er war zu klein und zu dünn und verstand absolut nichts. Lustig sah er ja aus mit dem starren schwarzen Haar und der Haut, die so aussah, als hätte er gerade eine lange Sommerfrische am Meer hinter sich, und vor allem diesen funkelnden Schlitzaugen, fast wie ein Chinese. In der Schule und bei den Spielkameraden hatten sie schon seit Monaten mit Antonio angegeben. „Wir bekommen einen neuen Bruder, der ist ein richtiger Indianer!" Jetzt waren die Jungen etwas enttäuscht, denn Antonio benahm sich so ganz anders als die Indianer in den Fernsehfilmen!

Fanny und Annie dagegen hatten sich, als von einem neuen Geschwisterchen die Rede gewesen war, eigentlich ein Baby erträumt, das sie wickeln, baden und umherfahren konnten. Antonio entsprach auch diesem Wunschbild nicht ganz. Aber Fanny und Annie waren entschlossen, Antonio als ihr Baby zu behandeln. Sie waren stämmige Mädchen und groß für ihr Alter. Mit mütterlichen Blicken sahen sie auf Antonio hinab. Ein richtiges Baby war er zwar nicht mehr, aber doch fast, er war noch sehr klein und dünn, man konnte noch ganz gut Baby mit ihm spielen.

So fühlte Antonio sich bald von vier kräftigen Armen hochgehoben und in das Spielzimmer nebenan getragen. Fanny kämmte und bürstete ihn. Annie probierte ihm ein Mützchen auf.

Antonio dachte: Was soll das? Warum reden die in so einem albernen Ton mit mir? Bald habe ich genug!

„Schade, für unsern Puppenwagen ist er schon zu groß", bedauerte Fanny.

„Ihr blöden Mädchen, laßt den Antonio in Ruhe", schimpfte Paul, der Arme voll Spielzeug herbeischleppte. Er hielt Antonio eine kleine Feuerwehr hin, wie man einem Affen im Zoo eine Banane hinhält. „Da! Feuerwehr! Feu-er-wehr!" sagte er gutmütig. Antonio hätte das Wort gut wiederholen können. Aber er dachte nicht daran, ihnen etwas nachzuplappern wie ein Papagei, auch, wenn sie es von ihm erwarteten.

Er ergriff das Auto jedoch und begann, es auseinanderzunehmen, ohne sich weiter um die anderen zu kümmern.

„Wetten, daß Antonio noch nie vorher ein Auto gesehen hat?"

„Dummkopf, er kommt doch aus Bogota, und das ist eine große Stadt mit zwei Millionen Einwohnern, hat Papa gesagt."

„Aber vorher hat er im Urwald gelebt unter Löwen und Elefanten", beharrte Jean.

„Löwen und Elefanten gibt es gar nicht in Südamerika! Hahaha!"

„Doch!" — „Nein!" — „Doch!" — „Frag ihn doch!"

Jean stellte sich auf alle viere, riß gräßlich den Mund auf und versuchte, ein brüllender Löwe zu sein. „Löwen? Ja? Kennst du Löwen?" schrie er und brüllte löwenhaft. Paul rollte sich auf der Erde und lachte.

Antonio hob den Kopf von seinem Auto und schenkte Jean einen Blick, der nichts von seinen Gedanken verriet.

Das war gut so, denn seine Gedanken über Jeans Benehmen waren nicht schmeichelhaft.

„Kinder, seid ihr auch vernünftig mit Antonio?" rief Madame Martin durch die Tür. „Er hat eine lange Reise hinter sich und muß sehr müde sein. Alles ist neu für ihn, der Kopf muß sich ihm davon drehen. Und denkt auch, daß er eure Sprache nicht versteht, wie ihr die seine nicht. Kommt nur jetzt zu Tisch, das Essen ist fertig."

„Bekommt Antonio noch das Fläschchen?" fragten Fanny und Annie hoffnungsvoll.

Mamas wunder Punkt

„Heute müssen wir die Nachspeise mit Suppenlöffeln essen", erklärte Mama. „Ich habe nur noch zwei Teelöffel."

„Soviel ich weiß, hat es uns noch nie an Teelöffeln gemangelt", kritisierte Papa, „erst zum letzten Weihnachten hat uns deine Mutter wieder ein Dutzend silberne aus ihrer unerschöpflichen Sammlung geschenkt!"

„Es tut mir leid, ich kann nur noch zwei finden."

„Du wirst sie nach und nach in den Mülleimer geworfen haben. Du wirfst ja sogar zerknüllte Geldscheine in den Mülleimer."

„Wie kannst du so etwas behaupten!" sagte Mama. Aber sie sagte es etwas kleinlaut. Da sie aus Eitelkeit selten eine Brille trug und oft mit den Gedanken woanders war, war es ihr tatsächlich schon passiert, Besteck, Geldscheine, ungeöffnete Briefe und sogar einmal ein ganzes Scheckheft in den Abfall zu werfen. Es war ihr wunder Punkt. Trotzdem hatte sie es nicht gern, daß Papa ihr diese kleine Schwäche jedesmal unter die Nase rieb, wenn irgend etwas im Hause gesucht wurde.

„Deine Brille hast du bestimmt auch in den Müll geworfen! Gib zu, du hast sie noch nicht wiedergefunden!"

„Allerdings nicht. Aber hör auf, mich zu ärgern! Meine Brille lege ich seit Jahren neben den Fernseher, und es ist mir rätselhaft, wo sie sein kann. Hast du denn deine Stimmgabel gefunden?"

„Hm, nein . . .“

„Und deinen silbernen Kugelschreiber?“

„Noch nicht, aber . . .“

„Und das zweite Paar Autoschlüssel? Und dein Notizbuch? Und dein Zigarettenetui?“

„Äh — da fällt mir ein, du suchtest doch gestern deine Korallenohrringe. Du hast sie doch hoffentlich inzwischen gefunden?“

„Ich muß noch mal im Badezimmer nachsehen“, antwortete Mama lässig. Sie verschwieg außerdem, daß sie sich heute morgen nicht die Zähne geputzt hatte, da es ihr unmöglich gewesen war, ihre Zahnbürste zu finden.

Ihr Blick fiel auf Pilar und Blanca, die wie immer schweigend mit dem Verschlingen ihrer Schokoladencreme beschäftigt waren und dazu die letzten beiden Teelöffel des Hauses benutzten. Sie sagte versöhnlich: „Das liegt nur an diesem komischen Wetter, dieser warme Wind, der den ganzen Tag weht, dreht alle Leute durch. Nicht nur wir sind augenblicklich zerstreut. Denk dir, die Ärztin hat sich neulich nach der Taschenlampe totgesucht, mit der sie eine Sekunde vorher Pilar in den Mund geleuchtet hatte. Weg, wie vom Erdboden verschluckt!“

Pilar leckte ihren Löffel ab, betrachtete ihn nachdenklich, leckte auch das letzte Kleckschen Creme aus ihrer Schale, dann rutschte sie vom Stuhl. Sie trug die Schale in die Küche in den Abwaschtisch, wohin sie schon ihren Teller gestellt hatte. Sie kam zurück und holte Teller, Schüsselchen und Besteck, die sich noch auf dem Tisch befanden. Dann rückte sie einen Hocker an den Abwaschtisch, ergriff die Bürste, öffnete den Wasserhahn und fing an, das Geschirr säuberlich abzuwaschen. Blanca rutschte nun auch vom Stuhl und brachte auch ihre Schale an. Beide wuschen ab.

„Was für liebe Kinder! Hast du schon mal Kinder erlebt, die freiwillig abwaschen? Und in ihrem Alter, ohne auch nur einen Teller zu zerschlagen?"

Pilar kam mit einem Schwamm an und wischte den Tisch ab. Blanca stellte Papas Kaffeetasse auf den Tisch. Schnell lief Pilar davon, um Mamas Tasse zu holen. Blanca eilte zum Schrank, um die Kaffeedose herauszunehmen. Pilar war schneller und riß sie ihr unter der Hand weg. Blanca stieß einen kurzen Wutschrei aus. Sie nahm eilig die Zuckerdose und kam Pilar damit zuvor: ein Stück Zucker für Papa, zwei für Mama, eins für Dolly. Pilar brachte inzwischen Papas Rumflasche herbei. Sie korkte sie auf. Blanca füllte mit einem der zwei noch vorhandenen Teelöffel Kaffeepulver in die Tassen: ein Löffel für Papa, eineinhalb für Mama. Pilar schubste sie, etwas Kaffee fiel vom Löffel auf den Tisch.

„Perfekte Bedienung!" lobte Papa, der den Zwischenfall nicht bemerkt hatte.

Mama holte heißes Wasser und goß es in die Tassen. Pilar gab Apollo ein Stück Zucker. Blanca nutzte die Gelegenheit, Papa Rum in den Kaffee zu gießen. Sie machte das sehr geschickt. „Noch ein bißchen — und noch ein klein bißchen — halt, danke schön!" sagte Papa.

In diesem Augenblick gab Pilar ihrer Schwester hinter dem Tisch einen Stoß. Die Rumflasche fiel auf den Boden und zerbrach.

„Oh, zum Donnerwetter!" rief Papa.

Alle blickten auf die Bescherung, Blanca mit vor Entsetzen aufgerissenen Augen.

Da streckte Pilar den Zeigefinger nach ihr aus und sagte: „Blanca!"

Sie hoffte, daß Papa aufspringen und Blanca verhauen würde. Gründlich und sehr lange auf den Po. Sie konnte ihre Schwester gar nicht mehr leiden. Sie wollte die Beste, Liebste und Einzige für Papa und Mama sein. Darum wusch sie ab, fegte aus, machte die Betten und freute sich, wenn Mama sie lobte. Sie hatte es aber gar nicht gern, wenn auch Blanca gelobt, gestreichelt und geküßt wurde. „Blanca!" rief sie noch einmal und wies, eine richtige kleine Petze, auf die Rumpfütze auf der Erde.

„Oh, zum Donnerwetter!" sagte Papa noch einmal. Er trank Kaffee nur mit wenig Kaffee und viel Rum gern. Mama holte Besen und Lappen und fegte die Scherben weg. Apollo steckte die Nase in die Rumpfütze und nieste, und Mama wischte den Rum weg. Leider war das alles, was geschah.

„Ich bin nicht sicher, aber ich glaube, Pilar hat sie geschubst", sagte Mama halblaut zu Papa.

Es klingelte.

„Ich fahre zur Probe." Papa stand hastig auf, ohne seinen Kaffee zu trinken.

In der Diele stieß er mit Madame Simone zusammen. Sie tauschten einen süßsauren Gruß.

„Ich komme nur, um mich zu erkundigen, ob du mein silbernes Feuerzeug gefunden hast?" fragte sie Mama.

„Leider nein. Bist du sicher, daß du es bei uns liegengelassen hast?"

„Absolut sicher."

„Es tut mir leid. Ich habe seitdem im Musikzimmer saubergemacht und nichts gefunden."

Madame Simone erwiderte nichts. Sie dachte aber nicht besonders hoch von Mamas Hausfrauentalenten. „Ein Jammer, es war ein Geschenk meines Mannes. Er wird schimpfen, wenn er es merkt. Und wo sind die lieben Kinderchen?"

Die lieben Kinderchen waren nach oben ins Kinderzimmer gegangen. Blanca saß auf dem Teppich und war bei ihrer Lieblingsbeschäftigung, dem Zerreißen von Büchern. Pilar saß vor dem Kamin und sah sie merkwürdig an.

„Ein hübsches Zimmer", lobte Madame Simone, „groß und sonnig. Und dieser schöne Marmorkamin. Brennt er eigentlich?"

„Ja, er brennt, aber natürlich machen wir hier im Kinderzimmer kein Feuer. Ich habe das Kaminloch zugestopft, damit es nicht zieht."

Als sie das Zimmer verlassen hatten, wandte sich Pilar wieder dem Kamin zu ...

„Auf Wiedersehen, meine Liebe", sagte Madame Simone. „Huch, wo habe ich denn mein Spitzentaschentuch gelassen? Vorhin hatte ich es noch in der Rocktasche."

„Ich habe nicht gesehen, daß du es herausgeholt hast. Vielleicht hast du es im Auto gelassen?"

„Vielleicht. Jedenfalls, wenn du mein Feuerzeug findest ..."

Am Abend konnte Mama nur noch einen Teelöffel finden. Zweifel an ihr selbst kamen ihr auf. „Sollte ich wirklich alles in den Mülleimer —? Ich muß Vitamintabletten schlucken, ich werde langsam zu zerstreut."

Antonios großer Auftritt

Währenddessen beobachtete Antonio seine Umgebung und lernte sehr schnell verstehen. Und er machte sich seine Gedanken, von denen niemand etwas ahnte. Er fand etwa, daß Paul und Jean zwar nicht übel, aber sehr dumm seien. Wobei er natürlich nicht an ihre schulischen Leistungen dachte. Daß solche Dinge auf der Welt wie Schule, Zeugnisse, Aufsätze, Mathearbeiten, Lehrer ärgern, English-Dictation existierten, hatte ihm bislang noch niemand erzählt.

Antonio schätzte Intelligenz anders ein. Er hätte wetten können, daß Paul und Jean, drei Tage lang auf dem indianischen Markt von Bogota ausgesetzt, sich schon am Ende des ersten Tages in einem jämmerlichen Zustand befinden würden, nicht eine einzige Karotte ergattert hätten und nach Papa und Mama weinen würden. Diese Wette hätte er wahrscheinlich gewonnen. Er hätte sie sehen wollen, die sich abends über die Kühle in der Wohnung beschwerten, wie sie sich zwischen den Baracken am Hang von Bogota ein Nachtquartier suchten! Er, Antonio, hatte immer eins gefunden, und er konnte von sich behaupten, fast immer gut und trocken geschlafen zu haben. Aber das kroch in Betten mit Kissen unten und Kissen oben, und das lärmte: „Huh, ist das kalt!" Ganz lachhaft war es, sie sich auf dem Platz der Schuhputzer und Taschendiebe vorzustellen, auf dem sogar er, Antonio, unangenehme Erfahrungen gemacht hatte, an die er lieber nicht dachte.

Was die Mädchen betraf, so ging es zwar nicht an, als Kavalier und kleiner macho solche Mädchen zu kritisieren, die in doppelter Ausführung weiß und rosig, blond und richtige Señoritas waren. Man konnte sie auch nicht mit Pilar vergleichen. Pilar, das war etwas anderes. Diese feinen neuen Schwestern (jaja, sie machten ihm immer wieder schreiend klar, daß sie seine Schwestern und Brüder seien; hatte er längst kapiert, natürlich waren sie es doch nicht) etwa auf dem indianischen Markt auszusetzen, das wäre ein Verbrechen.

Trotzdem, ganz ehrlich, hatte er die ungeschickten Brüder doch lieber als die Schwestern. Sie hörten nicht auf mit ihren Versuchen, ihn in das ersehnte Baby zu verwandeln.

An diesem Tage war es ganz schlimm. Sonst verschwanden die Kinder tagsüber und ließen ihn mit der Frau Mama oder einem mürrischen grauhaarigen Fräulein zurück, das in der Küche wirtschaftete. Heute blieben sie zu Haus und füllten die Wohnung mit ihrem Lärm. Es war der schulfreie Wochentag, aber das wußte er nicht.

„Kinder", sagte Madame Martin, „ich muß jetzt nach unten, Papa in der Praxis helfen, und komme gegen sechs Uhr mit ihm hoch. Vielleicht ist er heute sogar schon früher fertig. Marie geht ihre Schwester im Krankenhaus besuchen. Kann ich mich drauf verlassen . . .?"

„Aber Mama, es ist doch nicht das erste Mal, daß wir mal zwei Stunden allein sind."

„Aber das erste Mal mit Antonio . . ."

„Was soll ihm denn passieren? Der guckt doch nur, nimmt unser Spielzeug auseinander und ißt und ißt und ißt . . ."

Madame Martin ging. „Schließt nur weiter Freundschaft mit ihm. Das ist das wichtigste", sagte sie im Hinausgehen.

Natürlich waren die Kinder, wenn sie allein waren, niemals ganz so musterhaft, wie sie ihren Eltern weismachten. Sie waren aber so schlau, sichtbare Schäden möglichst zu vermeiden oder die Spuren geschickt zu vertuschen. Paul stöberte gern in seines Vaters medizinischer Bibliothek; die dicken Bücher mit den gräßlichen Abbildungen waren so schön gruselig. Jean naschte im Eisschrank. Fanny und Annie wühlten mit Vorliebe im Kleiderschrank ihrer Mutter. Einmal hatten sie alle die Idee gehabt, eine Suppe zu kochen. Das war herausgekommen, denn im Topf hatte sich ein Stück übelriechender Kohle gebildet, die nicht mehr abzukratzen gewesen war.

„Was fangen wir heute an?"

Jean schlug Fernsehen vor, aber die anderen waren fernsehmüde. Sie blickten Antonio an. Er ging, die Hände auf dem mageren Rücken, wie ein etwas zu neugieriger Besucher durch das Wohnzimmer.

Irgend etwas mußten sie mit diesem komischen kleinen Bruder anfangen. Sie fühlten selbst, daß er ihnen entglitt. Er erschien durchaus lieb und drollig, aber der Blick aus seinen schrägen schwarzen Augen verfolgte sie ständig. Es war nicht angenehm, immer so angesehen zu werden. Sie hatten geglaubt, der arme kleine Wilde aus dem Urwald werde bewundernd zu ihnen aufsehen. Schließlich besaßen sie Zentralheizung, Eisschrank, Fernseher, Waschmaschine, Geschirrspülmaschine, zwei Autos, vier Fahrräder; sie wußten, wann Charlemagne regiert hat, wie die Hauptstadt von England heißt und welches die neuesten Automodelle sind; sie kannten sich in Fußballmeisterschaften und in Beatbands aus. Sie hatten sich vorgestellt, sie würden Antonios Lehrmeister sein und Antonio werde sich beeilen, ein zivilisierter Junge wie sie zu werden. Aber er staunte und bewunderte überhaupt nicht, guckte nur und steckte ab und zu den Finger in den Mund.

„Wetten, daß er noch nicht einmal seine eigenen Finger zählen kann? Antonio, guck mal, wieviel ist das?" Paul hielt ihm sechs Finger vor.

In der Tat konnte Antonio nur bis vier zählen. Bisher war er damit gut ausgekommen. Er verstand, was Paul von ihm wollte und daß er eine Prüfung nicht bestand. Das wurmte ihn. Er tat so, als verstünde er nicht, und spazierte weiter, die Hände auf dem Rücken.

„Hab' ich's nicht gesagt! Hör mal zu, kleiner Antonio, und sprich mir nach: Eins — zwei — drei — vier — fünf — sechs . . ."

„Laß ihn doch, so schnell lernt der Ärmste das nicht", verteidigte ihn Jean in einem mitleidigen Tonfall, den Antonio nur zu gut heraushörte. Es kribbelte ihn innerlich vor Ärger.

„Wollen wir ihm nicht das Lesen und Schreiben beibringen?"

Fanny und Annie machten säuerliche Gesichter. Wenn es nach ihnen gegangen wäre, brauchte Antonio weder zu wachsen noch irgendwelche Fortschritte zu machen. Sie zogen ihn klein und süß vor. „Antonio ist müde und muß in die Heia!" riefen sie und zerrten liebevoll an ihm. „Nicht wahr, Kleiner, du bist müdchen!"

Antonio entzog ihnen so heftig seine Hände, daß sie rückwärts zu Boden fielen.

„Seht ihr, ihr dummen Puten! Wollt ihr wohl mit eurem blöden Getue aufhören! Er ist doch kein Baby, er ist vielleicht ebenso alt wie ihr. Es ist höchste Zeit, daß er lesen und schreiben lernt."

„Fein, wir üben jetzt jeden Tag mit ihm!" Jean holte Papier und Bleistifte.

„Papa und Mama werden staunen, wenn sie zurückkommen und sehen, daß Antonio schreiben kann!"

Jetzt erwärmten sich alle vier immer mehr für den Plan.

„Was soll er zuerst schreiben? Seinen Namen?"

„Zu schwer."

„Vielleicht Papa, P-A-P-A."

„Ja, das ist kinderleicht. Komm, kleiner Kerl, setz dich hier auf den Stuhl. Fanny und Annie, holt ein Kissen zum Unterlegen, meine Güte, so ein Knirps. Noch ein Kissen. So, Antonio, nun sieh einmal genau hin." Paul malte mit großen Buchstaben über das Blatt:

PAPA

Antonio rührte sich nicht.

„Er begreift nicht."

Doch, Antonio begriff gut. Er begriff, daß das, was Paul so spielend schaffte, sich „schreiben" nannte. Es war etwas, was nur wenige, große und reiche Leute konnten. Auf dem indianischen Markt konnte niemand schreiben, und auch Pedrito, der Schuhputzer mit den meisten Kunden, konnte es nicht. Aber es gab auf der großen Straße und im Park Männer, die saßen dort mit kleinen Maschinen und schrieben darauf mit einer Geschwindigkeit, die alle ihre Finger tanzen ließ, alles nieder, was ihre Kunden ihnen diktierten. Zum Beispiel einen Liebesbrief oder eine Bitte um Geld oder Arbeit. Mit diesen kleinen Maschinen verdienten die Männer gewiß sehr viel Geld.

Dieser ungeschickte Paul konnte zwar keine Tomate stehlen, aber er schrieb wie ein Señor. Und die anderen fanden das ganz selbstverständlich, sie konnten es offensichtlich auch.

„Ich glaube, das ist zu schwer", entschied Paul gütig, „wir fangen lieber mit einem Buchstaben an. Welchem Buchstaben? ‚A' natürlich, das ist der erste Buchstabe im Alphabet. Also guck noch mal her, Antonio!"

Er malte ein großes A über das Blatt, nickte Antonio aufmunternd zu und drückte ihm den Bleistift in die Hand. „Meine Güte, hätt' ich mir denken können, er kann noch nicht mal einen Bleistift halten! Nicht so; sieh mal, du nimmst Daumen und Zeigefinger . . ."

Antonio krallte den Stift in seine Faust. Er schämte sich. Und er dachte an die Männer mit den Schreibmaschinen und hatte beschlossen, sich anzustrengen.

„Neinnein, so wird das nichts. Ich werde dir die Hand führen." Paul umfaßte seine Hand, und sie malten gemeinsam ein A. „Ganz leicht, nicht? Nun schreib allein eins!"

Antonio umklammerte den Stift, zielte mit der Spitze auf das Papier und vollbrachte dort ein Krickelkrackel.

Die vier Kinder stöhnten. „Nein, nicht so! Das soll ein A sein?! Und hier auf der Linie mußt du schreiben, das ist doch zu kapieren! Los, noch mal!" Ungeduld klang aus ihren Stimmen.

Antonio zeichnete mit solcher Anstrengung ein zweites Krickelkrackel aufs Papier, daß die Bleistiftspitze abbrach.

Verzweifelt stützte Paul den Kopf in die Hände. „Der lernt's nie! Ich geb's auf!"

„Hoffnungsloser Fall!" fügte Jean hinzu.

„Er ist eben noch ein Baby, nicht wahr, Antönchen?" freuten sich Fanny und Annie und kitzelten ihn. Antonio hätte am liebsten geweint. Die Augen standen ihm schon voll Wasser. Er mußte an die Decke blicken, damit es nicht herauslief. Solche Schande! Auf ewig war er jetzt dazu verdammt, von diesen vieren als Baby behandelt zu werden!

Doch während er die weiße Decke anstarrte, kam ihm ein anderer, trotziger Gedanke: Pedrito, Meister aller Schuhputzer, Juan, König aller Taschendiebe, und Manuel, genannt „Messer", konnten auch nicht schreiben, aber wozu brauchten sie das? Sie waren trotzdem Könige und hätten Paul und Jean keines Blickes gewürdigt.

Auch er, Antonio, konnte schließlich schon so allerlei, was die nicht konnten. Er mußte es ihnen nur ordentlich zeigen.

Er schluckte, reckte sich und blickte um sich. Auf dem Tisch stand ein Aschenbecher. Darauf lagen eine Schachtel Streichhölzer und die Zigaretten von Monsieur Martin.

„Könnt ihr rauchen?" wandte sich Antonio an die Kinder. Als ihm einfiel, daß auch sie seine Sprache nicht verstanden, schrie er: „Rauchen? So?! Ich kann das!"

Es war so ungefähr das erste, was er sagte. Unter den starren Blicken der Kinder zündete er sich, hast du nicht gesehen, eine Zigarette an und blies ihnen den Rauch ins

Gesicht. Das war für ihn ein billiges Kunststück. Alle kleinen Indianerjungen rauchen, sobald sie nur auf ihren zwei Beinen stehen.

„Wollt ihr auch mal versuchen?" Er zündete eine zweite Zigarette an und reichte sie Paul. Der ergriff sie zögernd. Was sollte er machen, das kam ihm etwas unerwartet. Er zog an der Zigarette, hustete furchtbar und reichte sie Jean weiter. Jean verschluckte sich am Rauch und hustete ebenfalls, Tränen in den Augen. Fanny und Annie, die keinen Ton mehr sagten (Au weia, wenn das rauskommt!), klopften ihm den Rücken.

„Ein Schluck Feuerwasser dazu?" fragte Antonio, der seine Zigarette genoß. Er rutschte von seinen Kissen, ging zur Hausbar und öffnete eine Flasche Armagnac. Indem er die Flasche an den Mund hielt, nahm er einen tiefen Schluck.

„Mensch!" flüsterte Paul. „Mensch, der muß ja tot umfallen!"

Aber Antonio fiel gar nicht um, stand fest auf seinen kleinen dünnen und krummen Beinen und nahm noch einen tiefen Schluck. Augenzwinkernd reichte er ihnen die Flasche.

Was sollten sie machen? O Schmach und Schande, sie konnten ja wohl nicht ablehnen, wenn dieser Knirps ... Paul und Jean nahmen je einen vorsichtigen Schluck. Es rann ihnen wie flüssiges Feuer die Kehle hinunter. Die Tränen kullerten.

„Noch einen Schluck?"

Lust hatten sie absolut nicht, aber es ging nicht an, das Gesicht zu verlieren. Sie schluckten und gurgelten. Fanny

und Annie hatten die Hände vor den Mund gelegt. (Au weia, au weia!!)

„Mensch, mir wird schlecht", hauchte Jean und setzte sich auf den Fußboden. Paul sah die Möbel vor sich tanzen; Fannys und Annies Gesichter, rosig und stumm, begannen sich vor ihm zu drehen. Seine Beine ließen ihn im Stich, er setzte sich neben Jean auf den Fußboden.

Auf seinen krummen Beinen stand Antonio wie eine Eins. Ihm war fröhlich zumute. Noch nie hatte ihm seine neue Umgebung so gut gefallen. Er summte vor sich hin:

„Meine Guitarre hat einen Mund
und ein Herz und kann sprechen,
nur fehlen ihr die Augen,
um mit mir zu weinen . . ."

Er fühlte sich stark wie ein Held.

Immer weiter seine schmelzenden Lieder summend, ging er in die Küche und holte (er wußte schon ganz genau in der Wohnung Bescheid) ein spitzes Messer aus dem Schrankfach. „Los, wir spielen!" wandte er sich an Paul und Jean, die ihn glasig ansahen. „Wollen sehen, wer gewinnt!"

Ein eigenes Messer war der Wunschtraum aller kleinen Straßenjungen in Bogota. Bisher hatte es Antonio noch nicht so weit gebracht. Aber es war kein Tag vergangen, an dem die Bande sich nicht im Messerwerfen geübt hatte.

Er sah sich nach einem Ziel um. Sein Blick fiel auf ein Bild an der Wand. Es stellte den Urgroßvater von Madame Martin dar und war ein einzigartiges Familienerbstück, zumal es von einem berühmten Maler gemalt worden war.

„Wetten, daß ich genau die Nase von dem Mann treffe?"

Zack!

Antonio traf zwar nicht die Nase, aber wenigstens daneben in die Wange.

Die Wirkung war gewaltig. Fanny und Annie schrien und flüchteten mit vorgehaltenen Armen hinter den Tisch.

Antonio zog das Messer aus der Wange des Urgroßvaters und zielte von neuem.

Zack! Ins Nasenloch. Stolz sah er sich um.

„Mensch!“ flüsterte Paul nur. Jean legte sich lang auf den Boden, vielleicht aus Angst, vielleicht, weil ihm schlecht war.

„Und jetzt der große Stern da vorn!“

Zack!

In diesem Augenblick öffnete sich die Tür. Monsieur und Madame Martin waren früher als vorgesehen mit ihrer Arbeit fertig geworden. Eine leise Unruhe hatte sie erfaßt, während sie mit dem Fahrstuhl in den zehnten Stock fuhren. „Was wird nur unser Antonio machen? Wir hätten ihn noch nicht allein mit den Kindern lassen sollen, er ist noch so verwirrt!“

Ein Messer sauste an ihnen vorbei. Es traf den gemalten Urgroßvater genau in seinen Orden. Madame Martin stieß, es versteht sich, einen Schrei aus.

Antonio wandte sich um und begriff. Er sah sie vor sich, diese vom Himmel gefallenen Eltern. Sie waren groß, schön, reich, sauber und eigentlich sehr nett. Sie wollten ihm offenbar nichts Böses, weiß Gott, warum sie so nett zu ihm waren, obwohl sie gar nichts davon hatten. Jetzt würden sie einen Knüppel oder irgend einen anderen Gegenstand nehmen und ihn damit grün und blau schlagen.

Wenn sie das machen, dachte Antonio, muß ich leider wieder abhauen. Schade, schade ...

Madame Martin lief zu dem Gemälde und riß das Messer heraus, als könne ihr Urgroßvater sonst verbluten. Monsieur Martin warf einen Blick in die Runde. Zigarettenrauch, geöffnete Armagnacflasche. Paul und Jean k. o. am Boden. Fanny und Annie hinter dem Tisch verbarrikadiert; ihre rosigen Apfelwangen waren gelblich.

Dann traf sich sein Blick mit dem Antonios. Er ging auf ihn zu.

Antonio wich nicht zurück und sah ihn weiter aus seinen geschlitzten Augen an.

Da legte ihm Monsieur Martin die Hand auf den Kopf. Ganz wunderbar wurde es Antonio unter dieser Hand zumute.

Zu seiner Frau sagte Monsieur Martin: „Wir haben Antonio falsch verstanden. So klein er ist, die Straße hat schon einen Mann aus dem armen Kerl gemacht."

„Ich glaube, du mußt dich seiner annehmen", sagte Madame Martin.

„Ja, das werde ich tun."

Am späten Abend, als alle Kinder schon schliefen, saß Monsieur Martin in seiner Bibliothek. Da trat Antonio lautlos im Pyjama ein. Er ergriff das Buch von Monsieur Martin, deutete auf die Zeilen, fuhr mit dem Finger die Linien nach, tippte dann auf sich und meinte: „Antonio auch."

Er wollte lesen lernen.

Nicht, weil Paul und Jean das auch konnten. Sondern um so zu werden wie sein Señor Papa.

Die Masern bringen's an den Tag

Der Tag war für Pilar und Blanca in drei Mahlzeiten eingeteilt. Sie waren überhaupt das Wichtigste des ganzen Tages. Soviel sie auch ihr Kauderwelsch plapperten, während der Mahlzeiten fiel kein Wort.

Nur das Anziehen war noch ebenso wichtig. Pilar hätte sich gern dreimal täglich umgezogen, morgens ein rotes, mittags ein blaues, abends ein grünes Kleid oder umgekehrt. Sie war sehr eitel geworden. Quietschend drehte sie sich vor dem Spiegel hin und her und bürstete sich so oft wie möglich die Haare. Manchmal meldete sie sich bei Mama und wies auf einen Fleck auf dem Kleid, um diese anzuregen, ihr ein anderes Kleid anzuziehen. Oft sagte Mama aber nur zu ihrer Enttäuschung: „Ach, das ist nicht so schlimm, für den Garten geht es noch!"

Heute früh wollte Blanca ihre Schale mit Milch, Haferflocken und Bananenscheiben nicht leeren. Mürrisch saß sie am Tisch und spielte mit ihrem Löffel.

„Was hat sie nur?" fragte sich Mama. „Hat sie noch nicht ausgeschlafen?" Und sie setzte Pilar ihre Schale vor, die sie schlürfend leerte.

„Pilar ja!" sagte sie, und das sollte heißen: Siehst du, ich bin ein gutes Kind, ich esse mein Frühstück auf, nicht nur, weil es mir gut schmeckt, sondern weil ich weiß, daß es dir Freude macht! Sie wollte Mama immer Freude machen, sie hätte immerzu auf ihrem Schoß sitzen können, um gestreichelt und geküßt zu werden. Aber auf Mamas

Schoß hatte nur eine bequem Platz, und sie nahm es sehr übel, wenn sie eins von Mamas Knien an Blanca abgeben mußte.

Weil sie artig sein wollte, sah sie auch ein, daß Mama ab und zu etwas anderes zu tun hatte. Dann half sie ihr beim Bettenmachen. Oder beim Tischdecken. Oder beim Blumengießen. Alles Arbeiten, für die sich Blanca glücklicherweise noch als sehr klein und ungeschickt erwies.

Heute wollte Mama nicht gestört werden. Wenn sie sich im ersten Stock in dem Zimmer mit dem großen Tisch und den vielen Büchern und Papieren hinsetzte, hatte es wenig Zweck, sehnsüchtig um sie herumzulungern.

„Geht in den Garten spielen", schlug sie vor, „es ist so schönes Wetter. Ich kann euch vom Fenster aus sehen."

Sie hätte gern noch darum gebeten, doch nicht weitere Blumen und grüne Johannisbeeren abzurupfen. Doch in welcher Sprache, bitte sehr? Wenn sie so weitermachten, fiel in diesem Jahr eben die Obsternte aus!

Pilar und Blanca gingen wieder nach unten. Blanca greinte. Sie wollte bei Mama bleiben. Und dann wieder auch nicht. Sie war offensichtlich mit dem linken Fuß aufgestanden.

Die Tür zur Garage war nur angelehnt.

Pilar und Blanca hatten verstanden, daß sie nicht in der Garage spielen sollten. Aber im Gegensatz zu Pilar machte Blanca immer genau das, wozu sie Lust hatte, auch wenn Papa und Mama nachher lange Gesichter machten.

Sie gab der Garagentür einen Schubs.

„Nein, Blanca, nein!" warnte Pilar. Aber dann dachte sie: Soll sie doch ihre Dummheiten machen. Dann werden

Papa und Mama vielleicht auf sie böse. Geschieht ihr ganz recht.

Sie folgte ihr vorsichtig.

Zugegeben, die Garage war anziehend. Man konnte dort wunderbar spielen und stöbern. Dort stand noch ein altes Auto, mit dem niemand mehr fuhr. Man konnte hineinklettern und hupen und am Lenkrad drehen. Ein Haufen Holz für die Kamine türmte sich in einer Ecke, in dem man herumklettern konnte. Am hinteren Ausgang, der zum Garten führte, standen Reihen von Blumentöpfen mit kleinen Pflänzchen. Ringsum an den Wänden waren Regale, gefüllt mit Werkzeug, Tapetenresten, Farbtöpfen, Geschirr, alten Lampen, elektrischen Schnüren und Kartons voll Kram. Es hätte mal aufgeräumt werden müssen, aber dann wäre es längst nicht mehr so interessant gewesen.

Die Farbtöpfe zogen Blanca an, weil so schöne bunte Farbnasen daran herunterliefen. Es lagen auch Tuben daneben, mit denen Mama zum Spaß Bilder malte. Diese Tuben ließen sich leicht aufschrauben, genau wie eine Tube Zahnpasta.

Blanca öffnete eine. Rot und glänzend quoll es heraus. Sie lachte.

Pilar stand daneben und sagte nichts. Sie sagte nicht etwa: Nein, Blanca, nein!, wie es eigentlich ihre Pflicht gewesen wäre. Eine ganz leise Stimme in ihr flüsterte zwar, daß sie ein böses Mädchen sei, weil sie Blanca nicht zurückhielt. Doch es war nur eine ganz, ganz leise Stimme ...

Vielleicht war Blanca auch nicht so ganz sicher. Sie warf ihrer Schwester vorsichtshalber einen Blick zu, aber Pilar

senkte die Augen und schwieg wie gleichgültig. Nun denn ...

Die rote Farbe quoll und quoll, sie brauchte nur auf die Tube zu drücken. Ihre Handflächen waren voll. Sie wischte sie an ihrem hellblauen Pullover ab. Das sah hübsch aus. Sie lachte und malte ihren ganzen Pullover von oben bis unten voll. An der Wand lehnte ein alter, staubiger Spiegel. Sie erblickte sich darin und wurde fast ernst, so schön fand sie ihr Werk. Ein roter Tupfen auf die Nasenspitze? Sah wundervoll aus! Je einen Streifen auf die Wangen?

Es wurde immer schöner. Zwei Kreise um die Augen. Ein dritter Klecks aufs Kinn.

Ein wahrer Rausch erfaßte sie. Zu guter Letzt hob sie die Tube über den Kopf und drückte den Rest aufs Haar...

Mama hörte Pilar und Blanca wenig später die Treppe hochkommen. Sie hob den Kopf von ihrem Brief. Zuerst sprang Apollo zur Tür herein, der immer vornweg sein mußte. Schweifwedelnd und eifrig folgte Dolly. Hinter ihr Pilar mit braver und gewissenhafter Miene. Sie zerrte Blanca hinter sich her, die jetzt Katzenjammer hatte und weinte.

„Guck mal, Mama!" sagte Pilar anklagend. „Blanca!"

„Um Himmels willen!" Mama, immer noch ohne Brille, sprang auf, denn im ersten Augenblick glaubte sie, Blanca sei blutüberströmt. Sie eilte auf sie zu und nahm sie in näheren Augenschein. Sie stellte fest, daß es sich nur um Farbe handelte, dies aber ausgiebig.

„Ein Glück noch, daß sie die Plakafarben und nicht die Ölfarben genommen hat", murmelte sie, als sie Blanca unter der Dusche stehen hatte, wo das Rot an allen Seiten von ihr ablief.

Blanca schrie, daß die Wände bebten. „Ja, erlaube nur, ich muß dir trotzdem auch das Gesicht abwaschen, egal, ob dir das gefällt oder nicht. Willst du stillhalten, kleines Ungetüm! Komisch, die rote Farbe will nicht ab vom Gesicht . . ."

Mama rubbelte und rieb, und Blanca schrie herzzerreißend. Sie erhielt langsam ihre natürliche goldbraune Hautfarbe wieder. Nur das Gesicht blieb tatsächlich rot. Er sah auch nicht so hübsch aus wie gewöhnlich.

„Was hat das Kind? Es ist doch nicht krank?"

Sie zog ihr den kleinen Morgenmantel an. Blanca schluchzte weiter, die Nase lief. „Wollen mal Fieber messen. Du kennst das ja schon; halte ein Weilchen still. So, sehr schön! Da haben wir's: 39,4 Fieber . . ."

Mama trug Blanca ins Bett. Das Geschrei fing wieder an. Pilar folgte stumm Mamas Spuren. Sie lief zu dem schwarzen Apparat, zu dem man immer „Hallo-hallo!" sagte und hineinsprach. Danach lief sie hin und her, ins Kinderzimmer, ans Fenster und zurück. Die Hunde, die merkten, daß etwas nicht stimmte, bellten und sprangen um sie herum.

Mama hatte Pilar ganz vergessen, die sich schließlich in eine Ecke des Kinderzimmers setzte und Blanca betrachtete. Blanca war also krank. Sehr krank offenbar. Ihr Gesicht war ganz rot. Die rote Farbe hatte sie krank gemacht. Und sie, Pilar, hatte sich gefreut darüber, daß Blanca eine Dummheit beging, und hatte nichts getan, sie zu verhindern.

Es klingelte. Mama trat mit einer Frau ins Kinderzimmer, die Pilar als die Frau Doktor erkannte. Beide setzten sich um Blancas Bett, die Frau Doktor nahm aus ihrer Tasche ihre Instrumente und untersuchte Blanca. Sie sprach leise.

Niemand beachtete Pilar. Als die Ärztin und Mama wieder nach unten gegangen waren, hockte sie immer noch in der Ecke des Zimmers. Ihr Herz klopfte heftig. Jetzt waren auch Blancas Hände rot. Ihr Gesicht war ganz dick geworden und sah fürchterlich aus. Sie weinte auch nicht mehr, sondern lag ganz still und hatte die Augen geschlossen.

Sie mußte schon sehr krank sein, um am hellen Vormittag im Bett zu liegen und zu schlafen; sonst tobte sie schon im Bett herum, sobald das erste Morgenlicht durch die Fensterläden drang.

Es war, als ob ein großer Klumpen Eis, der in letzter Zeit immer größer geworden war, in Pilar dahinschmolz. Sie war nicht immer lieb zu ihrem Baby gewesen, ja sie hatte es sogar fast nicht mehr leiden können. Es war doch aber so niedlich, ihr Baby, es war außer Papa und Mama das Liebste, was es gab.

Sanft berührte sie Blanca mit der Hand, aber diese drehte sich nur schnaufend um. „Blanca, guck mal, Pilar!" lockte sie mit ihrer liebevollsten Stimme. Sie holte ihre eigene Puppe und legte sie Blanca in den Arm. Blancas Puppe hatte schon ein eingeschlagenes Auge, war nur noch einarmig und hatte alle ihre Kleider verloren. Ihre eigene Puppe war noch so schön wie an dem Tage, als Mama sie ihr auf dem Flugplatz gegeben hatte. Sie trug sogar noch ihre Schuhe und Strümpfe, ihr Kleidchen, die Jacke und die Mütze.

„Da, Blanca, Puppe für Blanca!" Es tat ihr nicht einmal leid, als sie ihr die Puppe gab, es freute sie vielmehr.

Blanca warf die Puppe mit einer ungeduldigen Geste aus dem Bett, denn alles störte sie.

Pilar verstand das falsch. So böse ist sie mit mir? Sie stand in der Mitte des Zimmers, die Stirn in Falten gelegt, und dachte nach. Heftig kämpfte sie mit sich selbst. Sollte sie — konnte sie — ja, sie mußte es tun — nein, das war ihrs — nein, das teilte sie nicht — aber Blanca würde sich sehr freuen — nein, alles, aber nicht das, nein, nein!!

Doch dann gab sie sich einen Ruck. Sie ging zum Kamin und nahm die Pappe aus dem Kaminloch ...

„Blanca ist krank", empfing Mama den heimkehrenden Papa. „Nein, erschrick nicht gleich, nichts Tragisches, ganz gewöhnliche Masern. Aber etwas viel Aufregenderes ist passiert. Du suchst doch deine Stimmgabel, nicht wahr? Hier ist sie."

„Ich weiß nicht, was daran so Aufregendes ist", erwiderte Papa, „wahrscheinlich hast du sie in einem der seltenen Fälle, wo du mal Staub wischst, hinter das Klavier geworfen. Doch was sehe ich? Du hast deine Brille wiedergefunden?"

„Jawohl", bestätigte Mama. „Und du hast doch auch dein zweites Paar Autoschlüssel vermißt? Und deine kleine grüne Brieftasche? Und dein Feuerzeug? Und deine schwarze Pfeife? Und deinen silbernen Kugelschreiber? Hier hast du alles wieder, mein Lieber, und noch einiges mehr."

„Kannst du mir erklären —?"

„Und die vierzehn verschwundenen Teelöffel sind auch wieder da", fuhr Mama heiter fort, „und fünf Mokkalöffel, die seit letzter Woche fehlten. Auch siehst du die Korallenohrringe an meinen Ohrläppchen; du hattest mich doch verdächtigt, sie in den Mülleimer geworfen zu haben wie alles übrige. Den Kauf neuer Zahnbürsten hätten wir uns ebenfalls ersparen können, hier sind sie. Die Hasenpfote, dein Talisman für die Bühne, um den du so gejammert hast: hier hast du ihn wieder, toi, toi, toi! Dein Notizbuch (was bedeutet eigentlich ‚Brigitte' und die Telefonnummer dahinter?!) kannst du auch weiterhin benutzen. Ich werde übrigens Simone anläuten, damit sie ihr Feuerzeug abholt, es liegt für sie bereit. Und denk nur: sogar meine Armbanduhr ist wieder da!"

„Du hast mir verschwiegen, daß sie verschwunden war", antwortete Papa. „Und was Brigitte betrifft, so ist das der Vorname meiner neuen Pianistin, sie ist erzhäßlich, falls dich das beruhigt. Aber willst du mir nicht endlich erklären —?"

Mama erzählte: „Nachdem ich die Ärztin hinausbegleitet hatte, ging ich wieder ins Kinderzimmer hinauf, um nach Blanca zu sehen. Gewöhnliche Masern oder nicht, es ist eine recht unangenehme Krankheit, und diese Kinder sind in allem mehr gefährdet als andere! Blanca lag unruhig schlafend da. Pilar saß neben ihr. Ich traute meinen Augen kaum, als ich auf die Bettdecke blickte. Dort lagen eine Menge Gegenstände ausgebreitet, die mir bei näherem Hinsehen bekannt vorkamen. Das erste, was mir auffiel, war meine lange vermißte Brille. Ich setzte sie auf, und dann sah ich klar: dort vor mir lagen all die Dinge, die wir seit Wochen verzweifelt gesucht hatten. Und noch obendrein, leider, leider, ein paar Gegenstände, die uns bestimmt nicht gehören, ein paar Taschentücher, ein Taschenmesser, eine Taschenlampe, die, so vermute ich, der Ärztin gehört, ein Vierfarben-Kugelschreiber . . ."

„Das soll doch nicht etwa heißen, daß Pilar —?"

„Kein Zweifel. Pilar heißt die kleine Taschendiebin. Aber keine Spur von schlechtem Gewissen! Sie saß ganz zufrieden neben ihrem Schatz, wies darauf und sagte lächelnd: ‚Für Blanca!' Ich fragte sie, wo sie das denn alles versteckt gehabt habe? Als sie mich verstanden hatte, führte sie mich zum Kamin und zeigte mir das verstopfte Loch. ‚Für Blanca!' wiederholte sie sehr stolz und zufrieden. Das war alles. Sie war sehr erschüttert, als ich die Schätze einkassierte. Ich erklärte ihr, daß Blanca so schlecht schlafen könne und daß sie überhaupt zu klein für all diese schönen Gegenstände sei und daß wir ihr lieber zusammen ein Nachthemd kaufen wollten. Das leuchtete ihr nach einigem Zögern ein, und über dem Nachthemdkauf vergaß sie dann die Geschichte ein wenig."

„Merkwürdig."

„Wie meinst du das?"

„Ist dir nicht aufgefallen, daß unter dem Gestohlenen kein Geld war? Und daß sie auch gar kein schlechtes Gewissen hatte?"

„Das soll heißen?"

„Das soll heißen, daß sie sich nicht für den Wert der Dinge interessiert hat, den sie ja ohnehin nicht kennt. Sie hat ‚gesammelt', wie man Andenken sammelt. Ihr heimlicher Schatz gab ihr Sicherheit. So wie manche einsamen alten Frauen ihre angeblichen Schätze unter der Matratze vergraben und darüber beruhigt schlafen. Arme kleine Pilar, wieviel Angst und Elend spricht aus diesem Verhalten! Und was machen unsere beiden Kinder jetzt?"

„Blanca schläft, und Pilar wacht neben ihr und hält ihre Hand. Sie ist die beste Krankenschwester der Welt."

„Nun müssen wir nur noch abwarten, bis sie auch die Masern bekommt. Übrigens — hast du nicht meine Zigarettenspitze gesehen?"

„Ach nein!" schrie Mama. „Fang nicht schon wieder an!"

Arme kleine Pilar!

Die Rosen blühten um die Terrasse, wucherten durch das Terrassendach und umrankten die Laube im Garten. Auf der Terrasse glaubte man sich in einem Dornröschenschloß, auch war es dort schön schattig, während es im Garten zu heiß war. Pilar und Blanca, von den Masern genesen und mit Sonnenhüten auf dem Kopf, sammelten Schnecken. Das war augenblicklich eine ihrer Lieblingsbeschäftigungen. „Pfui, wie eklig!" rief Mama, wenn sie wieder mit einer besonders großen und schleimigen Schnecke angelaufen kamen. Blanca steckte sie, nachdem sie genug damit gespielt hatte, in die Tasche ihres Spielanzuges. Dort vergaß sie sie dann. Mama fand sie später wieder, zermalmt und unkenntlich, wenn sie Blancas Kleidung aus der Waschmaschine zog.

Pilar sammelte ihre Schnecken in Schachteln und Tüten und versteckte sie dann; am liebsten unter ihrem Kopfkissen oder in den hintersten Ecken von Schubladen. Sie sammelte noch immer alles, was ihr an kleinen handlichen Gegenständen unter die Augen und Finger kam. Aber sie hatte gelernt, im Zweifelsfalle erst damit zu Papa und Mama zu gehen und zu fragen, ob dies „für Pilar" sei! Teelöffel etwa wollten sie nicht gern hergeben...

Manchmal gab es allerdings Mißverständnisse, denn sie konnte immer noch nicht sprechen. Sie verstand fast alles, was man ihr sagte, aber leider konnte sie nicht antworten. Sie zeigte also Mama ihre Schnecken und fragte artig: „Pilar? Ja? Nein?"

„Pilar ja", seufzte Mama.

„Klein-klein!" sagte Pilar auf spanisch.

Und Mama dachte: So kann das nicht weitergehen! Sie ist mit ihren fünf Jahren immer noch wie ein Wolfskind, das im Wald unter Tieren gelebt hat und keine menschliche Sprache beherrscht. Vielleicht lernt sie niemals sprechen? Was machen wir dann mit ihr? Ja, liebe Güte, was soll dann aus ihr werden?!

„Schnecke!" sprach sie vor und tippte angewidert auf das schmutzigbraune Untier. „Sag: Schnecke, Pilar!"

„Klein-klein!" meinte Pilar, die tat, als hörte sie nicht. Sie öffnete die andere Faust mit einem besonders fetten

Exemplar und erklärte in ihrem Baby-Spanisch: „Groß-groß!"

„Klein-klein, groß-groß!" stöhnte Mama. „Und wir fangen auch schon an, in dieser Kleinkindersprache zu plappern, miau miau, tok-tok, hop-hop, niam-niam, wauwau . . ."

„Piep-piep!" sagte Pilar noch obendrein in diesem Augenblick und wies auf einen Vogel, der sich in den Rosenranken schaukelte.

„Piep-piep! Nein, so kann es auf keinen Fall weitergehen!"

Und Mama faßte einen Entschluß.

Am nächsten Morgen zog sie Pilar und Blanca saubere und besonders hübsche Kleider an, weiße Söckchen und die guten Schuhe. Sie bürstete die glänzenden schwarzen Haare und band sie mit Schleifen zu Pferdeschwänzen zusammen. Lange bewunderten sich beide im Spiegel. Sie zog ihnen nach dem Frühstück die Regenmäntel über, denn ein feiner Regen fiel, und verließ mit ihnen das Haus.

Pilar freute sich. Sie spazierte gern an Mamas Hand die kleine Straße entlang, wo sogleich alle Leute die Köpfe aus den Fenstern steckten und riefen: „Pilar! Blanca! Guten Tag! Wie geht's?" Und wo die Vorübergehenden ihnen über die Köpfe strichen und zu Mama sagten — sie verstand es gut —, was für hübsche und niedliche Kinder sie seien. Entweder gingen sie zur einen Seite einige Häuser weiter in ein Geschäft, wo es eigentlich alles zu kaufen gab, besonders auch Bonbons (leider war Mama mit Bonbons sehr geizig), oder sie überquerten die Straße und gingen ein Stück weiter in der anderen Richtung. Dort

gab es ein Geschäft mit Brot. Das war fast noch besser, denn frisches knuspriges Brot blieb für Pilar etwas Besonderes, das bedeutete gestillten Hunger und zufriedenen Magen.

„Brot, ja?“ fragte sie auf spanisch, als sie die Straße überquerten. Mama schüttelte den Kopf. Sie erklärte Pilar etwas, aber sie verstand es leider nicht.

Sie gingen an der Bäckerei vorbei. Der Bäcker kam sogleich durch den Laden gelaufen, ganz grau und weiß vom jahrzehntelangen Leben im Mehl, riß die Tür auf und rief: „Guten Tag, Pilar! Guten Tag, Blanca!" Beide winkten ihm im Vorbeigehen zu und lächelten. Sie liebten den Bäcker, dem all das viele goldbraune knusprige Brot gehörte.

Auf der anderen Straßenseite hüpfte ein kleines Mädchen mit rotblondem Zopf und dickem Gesicht an der Hand seiner Großmutter daher. Es hieß Corinne und wohnte nur ein Haus weiter. Corinne wurde immer ganz aufgeregt vor Freude, sobald sie Pilar und Blanca sah. „Pilar! Blanca!" schrie sie über die Straße und hüpfte wie ein Ball. Sie gingen noch ein Stück weiter unter Mamas Regenschirm, überquerten eine kleine Kreuzung und gelangten auf einen Platz.

Hinter diesem Platz befand sich ein großes graues Haus mit vielen Fenstern und Türen und daneben ein Garten mit Bäumen.

Verwundert beobachtete Pilar, wie von allen Seiten Kinder auf dieses Haus zuströmten. Auch kamen Autos auf den Platz gefahren, hielten, Kinder sprangen heraus. Die Autos fuhren wieder davon, während die Kinder auf das Haus zugingen. Neben der geöffneten Mitteltür stand ein Mann und blickte den Kindern entgegen. Sie strömten an ihm vorbei ins Haus hinein. Immer mehr Kinder kamen, alle verschluckte das graue Haus.

Pilars Schritte wurden langsamer und schleppend. Eine Ahnung stieg in ihr auf. Wirklich, Mama strebte ebenfalls mit ihnen auf die Tür zu, die wie ein großes Maul die Kinder verschluckte. Sie blieb vor dem Mann stehen, den sie zu kennen schien, wies auf Pilar und Blanca und sprach etwas mit ihm. Die ankommenden Kinder blieben stehen, um sich diese beiden dunklen schwarzhaarigen Mädchen mit den leicht geschlitzten Augen und der bräunlichen Haut genauer anzusehen. Manche lachten freundlich und erstaunt, weil sie sie so besonders niedlich fanden; andere, die frech waren, berührten ihre Haare. Auch aus der Tür kamen neugierige Kinder zurück. Köpfe über Köpfe umgaben auf einmal Pilar und Blanca; und alle gafften, starrten, glotzten. Mama und der Mann versuchten sie fortzuscheuchen, klatschten in die Hände, taten, als wollten sie Mücken vertreiben, aber wie die Mücken waren sie sofort wieder da. Die Neugier war zu groß. Hatte man so etwas schon gesehen!

Blanca umklammerte Mamas Hand fester und senkte den Kopf auf die Brust.

Pilar aber verstand: Mama brachte sie wieder in ein Heim! Sie war schon einmal in einem solchen Heim mit vielen Kindern gewesen. Es schien ihr sehr lange her zu sein, fast hatte sie es schon vergessen. Im Heim gab es keinen Papa und keine Mama; auch keinen süßen Nachtisch und Fleisch und Huhn und so viel Brot, wie man wollte. Und keine schönen Kleider, weiße, rote, gestreifte, mit Punkten und passenden Schuhen dazu, und keine Nachthemden mit Blumen drauf, und immer alles neu und sauber. Und keine Dolly und keinen Apollo. Keinen Max. Keinen Adam, der ihr gehörte und in ihren Armen schnurrte. Kein Spielzeug und kein Bett für sie allein, sondern einen großen Raum mit vielen Betten dicht nebeneinander. Keinen Garten mit Blumen. Kein Kaminfeuer,

vor dem man abends saß, bei Papa und Mama auf dem Schoß, den Kopf an ihre Schulter gelehnt. Nein, vor allem kein Papa und keine Mama mehr, zu denen man morgens, noch im Dunkeln, auf leisen Sohlen ins Bett kroch; man mußte sie überraschen, sich leise zwischen sie gleiten lassen, oh, wie schön warm war das ...

Aus der Traum.

Mit einem gellenden Schrei riß sich Pilar von Mamas Hand los, durchbrach die Reihen der Kinder, stieß sich hindurch, den Kopf voran, und lief davon. Wohin? Sie wußte es nicht. Sie wußte gar nichts mehr, sie sah nichts mehr ringsum, es war undeutlich um sie. Nur weg, fort!

So lief sie geradewegs über den Platz auf die Straße zu, auf der Autos in beiden Richtungen vorbeibrausten.

Sie hörte nicht einmal, wie Mama und der Mann schrien: „Haltet sie! Haltet sie!"

Die Horde der Kinder stürzte johlend hinter ihr her.

Nur fort, nur weiter, damit sie sie nicht faßten! Weg! Weg!

Ein Auto kam von links heran. Pilar beachtete es nicht, sie lief draufzu. Es war sicher ihr Schutzengel, der ihr einen Meter vorher ein Bein stellte. Sie stolperte und fiel der Länge nach in eine Pfütze. Geschrei ringsum, kreischende Bremsen.

Die Nase, das ganze Gesicht tief in Schmutzwasser und Schlamm vergraben, blieb sie liegen. Es war ihr egal, ihr, die vorhin noch so eitel auf ihr hübsches Kleid gewesen war. Sie wollte für immer so liegen bleiben. Sollte man mit ihr machen, was man wollte. Nie wieder wollte sie sich überhaupt rühren und bewegen.

Sie hörte Mamas Stimme über sich. Jemand hob sie hoch, und sie ließ es sich gefallen. Es war Mama, es waren Mamas Arme, Mamas Körper, Mamas Wärme und ihre Stimme, so, wie sie zu ihr sprach, wenn etwas schiefgegangen war und sie sie beruhigen und trösten mußte.

War ihr ganz egal! Sie kniff die Augen fest zu. Sie wollte Mama nicht mehr sehen. Nichts mehr von ihr wissen. Sie hatte Mama nicht mehr lieb. Mama hatte sie verraten wollen. Sie hatte sie wieder weggeben wollen. Mama liebte sie nicht.

Immer weiter redete Mama geduldig auf sie ein, während sie sie nach Haus trug. Sie ließ sich das Gesicht und die Hände waschen und das beschmutzte Kleid ausziehen. Wie eine Puppe. Sie wandte den Kopf weg. So, da war sie zwar wieder zu Haus, aber es freute sie nicht mehr. Jeden Tag konnte ihr wieder dasselbe passieren wie heute. Wo fand sie hier Schutz?

Mama gab es schließlich auf, sie zu trösten. Sie dachte: Ich habe einen großen Fehler gemacht. Es ist zu früh, sie in die Vorschule zu schicken. Schade, sie hätte dort sicher leichter sprechen gelernt, im Umgang mit all den anderen Kindern. Wie wird sie es jetzt nur lernen? Das arme Kind, was soll aus ihm werden?

Sie blickte sich um. Pilar war verschwunden. Nanu? „Pilar!" rief sie. Keine Antwort. „Pilar hier?" fragte sie Blanca, die sich schnell von dem Schreck erholt hatte und auf dem Teppich mit Knöpfen spielte.

Blanca schüttelte den Kopf. „Pilar hier nein."

„Pilar!" rief Mama und ging durch alle Räume. „Pilar!" rief sie durch den Garten, obwohl es noch immer regnete. Tauben flogen mit klatschendem Flügelschlag auf. Kein anderer Laut war zu hören.

Sie ging die Treppe hinauf, aber auch das Kinderzimmer fand sie leer.

„Pilar! So melde dich doch, kleine Pilar!"

Schweigen.

Die Tür zum Schlafzimmer war offen. Hatte sie die nicht vorhin geschlossen? Sie blickte durch die Tür: „Pilar, bist du hier?"

Keine Pilar.

Jetzt bekam sie Angst. Pilar war weggelaufen. „O Gott, was mache ich bloß?"

Sie wollte nach unten und auf die Straße eilen, als sie ein leises Geräusch zu hören glaubte. Es kam aus dem Schlafzimmer. Da war doch niemand —? Sie ging zurück.

Sie lauschte.

Ein Kratzen, Krabbeln und Niesen unter dem Bett. Ach, das waren bloß Dolly und Apollo. Der Platz unter dem breiten Bett gehörte ihnen. Dort verbrachten sie leise schnarchend und manchmal laut träumend die Nacht. Es geschah auch, daß sie erwachten und sich einen Floh kratzten, daß das Bett nur so wackelte.

„Was macht ihr denn da mitten am Tag?" fragte sie ahnungsvoll. Sie kniete nieder und blickte unter das Bett. Dort saßen Dolly und Apollo.

Zwischen ihnen, zusammengekrümmt, lag Pilar.

Es war der sicherste und geborgenste Platz im ganzen Haus, und sie hatte beschlossen, dort einstweilen zu bleiben.

Corinne schafft es doch

Pilar wollte bis an ihr Lebensende (so genau konnte sie sich das allerdings nicht vorstellen) unter dem Bett bleiben und sich nie wieder von der Stelle rühren. Leider wurde es von Minute zu Minute unbequemer, sich unter einem niedrigen Bett zusammenzukrümmen. Sie rollte sich zur Wurst zusammen wie Dolly und Apollo, aber auch das wurde bald unbehaglich. Sie war eben kein Hund. Ihr Fuß schlief ein, ihr Nacken wurde steif. Nach einer Weile hörte sie ihren Magen knurren, was er schon lange nicht mehr getan hatte, sie war es nicht mehr gewöhnt, ihr wurde ganz schlecht.

So war sie schon zugänglicher, als die Gesichter von Papa und Mama unter dem Bett auftauchten und eine Hand, die mit einem Teller Schokoladencreme lockte. Essen kann ich ja, dachte sie, aber danach verkrieche ich mich gleich wieder unters Bett!

Über einer besonders leckeren Mahlzeit vergaß sie dieses Vorhaben, und eigentlich war dann alles wieder so schön wie zuvor. Pilar ging wieder in den Garten, Schnekken sammeln und ihre Puppen spazierenfahren. Am Abend öffnete sie auch schon wieder den Mund, zumal Papa und Mama besonders lieb zu ihr waren; und am nächsten Tage schwatzte sie schon wieder: „Piep-piep, aua-aua-heia-heia, olé-olé, chico-chico", und was sonst noch alles zu ihrer kuriosen „Sprache" gehörte, die man nicht verstand.

Aber sie blieb auf der Hut und war wieder scheuer und mißtrauischer geworden. Papa und Mama merkten es wohl.

„Wir müssen einstweilen den Gedanken aufgeben, sie in die Vorschule zu schicken", sagte Mama. „Was soll bloß werden? Sie ist doch sonst ein kluges kleines Mädchen, fädelt einen Faden ein, kann eine Schleife binden, und wenn ich bitte: ‚Pilar, hol mir das und das', dann versteht sie genau und geht an die richtige Schublade. Und sie erinnert sich an die geringste Kleinigkeit, die man ihr sagt. Was soll aber später ein zwar kluges Mädchen machen, das nicht sprechen, nicht lesen und nicht schreiben kann?"

„Reg dich nicht unnötig auf", antwortete Papa; „und überhaupt kann nicht jedermann studieren und Professor werden. Wenn sie wirklich ein so hoffnungsloser Fall ist, kann sie immer noch ein bißchen singen und tanzen lernen und, hübsch wie sie ist, zur Bühne gehen."

„Red nicht immer solchen Unsinn. Die Zeiten sind vorbei, wo Leute, die nicht lesen und schreiben konnten, Karriere machten."

„Na, dann wird sie eben Fotomodell", schlug Papa vor, der gern alles rosig sah, „da braucht sie nicht mal den Mund aufmachen, nur hübsch aussehen."

Mama lachte nur ironisch und blickte in den Garten hinaus. Blanca rollte sich mit Apollo auf dem Rasen. Pilar ging mit ernster Miene um die Sträucher herum und sammelte irgend etwas.

Da fiel ein großer gelber Ball über die Mauer. Während Pilar noch den Ball betrachtete, der auf einmal zu ihren

Füßen lag, tauchten über dem Mauerrand zuerst zwei dicke kleine Hände und dann dazwischen ein Gesicht auf. Es war das der dicken Corinne, die den Ball über die Mauer geworfen hatte.

„Pilar! Wirf mir den Ball zurück!" rief sie. Ihr Kopf verschwand wieder, sie konnte sich nicht so lange an der Mauer festklammern. „Meinen Ball! Hörst du! Ich bin's, Corinne!"

Pilar stand einige Augenblicke ratlos. Dann lief sie auf die Terrasse zu Mama und rief, indem sie zur Mauer zeigte: „Co-inne!"

„Was hast du? Was gibt's?"

„Co-inne!"

Und da Mama nicht verstand, ergriff sie ihre Hand und zerrte sie durch den Garten, wies auf den Ball und auf die Mauer.

Gerade tauchte wieder Corinnes hochrotes Gesicht zur Hälfte über der Mauer auf. „Mein Ball!" schrie sie.

„Ach, du bist es, Corinne. Willst du nicht zu uns in den Garten kommen und mit Pilar und Blanca Ball spielen?"

„Ja! Ich komme!" rief Corinne, die nichts sehnlicher wünschte als das.

Da sie zu dick und zu klein war, über die Mauer zu klettern, kam sie vorn durch die Tür herein. In einem Zug durchquerte sie das Haus, lief auf Pilar und Blanca zu und umarmte sie. Vom ersten Tage an war es ihr Traum gewesen, diese hübschen fremden kleinen Mädchen, von denen alle Leute redeten, zu Freundinnen zu haben.

Und die Freundschaft begann . . .

Doch den Tag über, das merkte Pilar sehr bald, war Corinne meist nicht da und spielte auch nicht in ihrem Garten. „Co-inne?" fragte sie Mama. Mama machte Bewegungen und erklärte etwas, aber Pilar verstand es nicht ganz. Corinne spielte irgendwoanders den Tag über mit vielen anderen Kindern. Es gab dort viel Spielzeug und war sehr lustig. Man malte dort auch sehr viel. Und Pilar war ein bißchen neidisch und auch eifersüchtig, weil Corinne lieber mit den anderen Kindern spielte . . .

„Siehst du, da geht Corinne", Mama zeigte eines Morgens durch das Fenster auf die Straße. „Willst du wissen, wo sie hingeht?"

Pilar nickte und hatte es ehr eilig, mit Mama und Blanca das Haus zu verlassen und hinterherzugehen.

Corinne überquerte die Straße, sah ordentlich nach links und rechts. Vorm Bäckerladen blieb sie stehen. Sie suchte etwas in ihrer Tasche und trat ein.

„Co-inne Brot?" fragte Pilar.

Sie warteten, bis sie aus dem Laden trat. Sie hatte kein Brot gekauft, sondern einen Lutscher. Als sie Pilar und Blanca sah, jubelte sie und umarmte und küßte sie mit ihrem Mund, der ganz süß und zuckrig vom Lutscher war. Sie küßte furchtbar gern.

„Warum kommen sie nicht mit mir in die Schule?"

„Frag sie doch, ob sie mitkommen wollen."

„Pilar, Blanca, wollt ihr mit in die Schule gehen?"

Seltsam, sie verstanden sich immer. Es schien, als merkten sie gar nicht, daß sie zwei verschiedene Sprachen benutzten.

Pilar nickte begeistert und ergriff Corinnes Hand. Sie wollte gern mit Corinne gehen. Zu den vielen Kindern, die den Tag über mit Corinne spielten.

Doch als sie erneut zu dem Schulplatz kamen und sie, wie neulich, die vielen Kinder auf das Haus zuströmen sah, blieb sie stehen.

Ängstlich beobachtete Mama ihr Gesicht.

Das ist es also? dachte Pilar. Und weil sie ja nicht dumm war, dachte sie weiter: Aber Corinne wohnt ja nebenan mit ihrem Papa und ihrer Mama und Großmama. Die haben sie bestimmt nicht weggegeben. Sie geht also nur in dieses Haus, um mit den Kindern zu spielen.

„Komm, komm, Pilar!" drängte Corinne eifrig.

Pilar ging ein Stückchen weiter. Doch nur bis zum Schultor. Dort blieb sie endgültig stehen.

„Pilar nein", sagte sie.

„Blanca nein", sagte Blanca.

Mama seufzte. Sie hatte sich zu früh gefreut. Ganz traurig verschwand Corinne im Schultor. Noch einmal steckte sie ihr gutmütiges Mondgesicht heraus, und weg war sie.

Mama, Pilar und Blanca kehrten langsam um. In Pilars Kopf arbeitete es. Sie merkte, daß Mama nicht zufrieden war. Sie wollte aber, daß Mama immer mit ihr zufrieden war. Auch Corinne war nicht zufrieden gewesen.

Kurz vor dem Bäckerladen blieb sie stehen. „Kinder!" sagte sie auf spanisch und zeigte auf die Schule.

„Ja, viele Kinder. Sie spielen und malen und lernen dort. Willst du sie einmal sehen?"

„Ja."

Jetzt, dachte Mama, als sie über den Schulplatz zurückgingen, jetzt kommt es drauf an. Wenn es jetzt wieder schiefgeht, ist es aus für lange Zeit.

Der Kindergarten — oder „Mutterschule", wie man es in Frankreich nennt — war, das wußte sie, am Ende des Schulhauses. Ich werde lieber nicht durch das Haupttor gehen, dachte sie weiter, das hat sie in zu schlechter Erinnerung, das macht ihr zu große Angst.

Sie öffnete die Tür zum Schulhof. Links war ein Schuppen, in dem die Kinder ihre Fahrräder abstellten. Sie zeigte darauf. „Fahrräder", erklärte sie, „sie gehören den Kindern."

Sie gingen weiter über den Hof, in dem Linden wuchsen. Hinter den Fenstern hörten sie Kinder im Chor singen.

„Wollt ihr mal sehen?"

„Ja."

Mama hob beide hoch, und sie blickten durchs Fenster. Viele Kinder saßen an Tischen, alle hatten den Mund rund geöffnet und sangen laut ein schönes Lied. Sie gingen weiter bis zur letzten Tür. Dahinter hörte man Lärm von Kinderstimmen.

„Seht ihr wohl, hinter dieser Tür ist Corinne mit den anderen Kindern. Wollt ihr mal durch die Tür schauen?"

„Ja."

Mama öffnete die Tür einen Spaltbreit und ließ Pilar und Blanca hindurchblicken.

Auf der Erde und an kleinen Tischen saßen Kinder, die alle etwa so alt wie sie waren. Sie saßen nicht so still wie die Kinder, die hinter den Fenstern gesungen hatten. Manche liefen auch umher, sie stritten sich und lachten laut. Auf dem Boden lag Spielzeug verstreut. Einige Kinder malten mit großen Pinseln Kleckse auf Papier, das sie vor sich auf der Erde liegen hatten.

Nun sahen sie auch Corinne. Sie und einige andere kleine Mädchen fädelten Ketten aus bunten Perlen auf. Eine Frau saß daneben und half ihnen.

„Wollen wir Corinne guten Tag sagen?"

„Ja."

Jetzt, dachte Mama, kommt der entscheidende Augenblick. Sie stieß die Tür ganz auf.

Wenn die Kinder jetzt wieder angelaufen kommen und sie angaffen wie seltsame Tiere im Zoo, ist es aus ...

Aber die Kinder sahen nur kurz von ihrer Beschäftigung auf. Sie waren noch klein, und daß diese fremden Kinder leicht geschlitzte Augen und braune Haut hatten, wunderte sie nicht besonders. Mohammed und Schemsa, die auch in den Kindergarten gingen, hatten ebenso schwarze Haare und schwarze Augen, und Leila war sogar schwarz wie Kohle.

Corinne stieß einen Freudenschrei aus. „Pilar! Blanca!" Sie ließ ihre Kette fallen, daß die Perlen nur so nach allen Seiten auseinanderkullerten, und lief auf sie zu. Schmatz! hatten sie wieder einen dicken Kuß weg.

Die Kindergärtnerin erhob sich.

„Ich komme nur vorbei", entschuldigte sich Mama. „Sie wissen ja Bescheid über meine Kleinen. Es ist sehr schwer, diese kleinen Wilden einzugewöhnen, sie sind noch allzu scheu."

„So?" wunderte sich die Kindertante.

Pilar und Blanca saßen bereits auf der Erde, und Corinne zeigte ihnen, wie man Perlen auffädelt.

Mama atmete auf.

„Lassen Sie mir die Kinder nur gleich hier. Sie sehen ja, alles geht gut."

„Wenn Sie wirklich meinen ... In einer halben Stunde komme ich wieder."

Sie schlüpfte durch die Tür.

In der nächsten halben Stunde sah sie sechzigmal auf die Uhr, zweimal in der Minute. Sie wanderte die Straße auf und ab, kaufte ein Brot beim Bäcker, ging auf die andere Straßenseite und wieder zurück. Einmal, als sie an der Schule vorbeikam, glaubte sie, Pilars jämmerliches Geschrei zu hören. Ihr wurde eiskalt vor Schreck. Dann beruhigte sie sich. „Unsinn. Von hier aus könnte man das ja gar nicht hören!" sagte sie sich.

Pünktlich dreißig Minuten später öffnete sie die Tür des Kindergartens. Kein Geschrei. Wo waren die Kinder? Sie saßen jetzt in der anderen Ecke und steckten Stäbe in rote, gelbe und blaue Kugeln.

Pilar hob den Kopf. Sie lächelte: „Guck mal, Mama", und zeigte ihr, was sie gemacht hatte. Dann senkte sie schon wieder den Kopf. Sie war zu beschäftigt . . .

Von nun an gingen Pilar und Blanca jeden Tag in die Schule. Nach einer Woche öffnete Blanca den Mund und sagte vernehmlich: „Mist!"

„Wie bitte?" fragte Papa.

„Mist!"

Papa und Mama sahen sich an. „Sagst du dieses Wort oft in Gegenwart der Kinder?"

„Nie!" schwor Mama.

„Ich auch nicht."

Pause.

„Wie du feststellen kannst, ist die Schule schon etwas nütze", sagte Mama zaghaft, „es ist das erste Wort in der Landessprache, das Blanca ausspricht."

„Gut gewählt!" meinte Papa ironisch. „Nun heißt es nur abwarten, welches Wort Pilar als erstes lernen wird."

Aber Pilar ließ sich Zeit. Erst acht Tage später zeigte sie auf die Rosen, deren Blütenblätter zu fallen begannen, und erklärte: „Ott!"

„Was sagst du?"

„Ott!"

Mama verstand nicht, obwohl sie allmählich Pilars Kauderwelsch perfekt beherrschte.

Pilar nahm sie an der Hand und zeigte auf ihre kleine Schubkarre: „Ott!"

„??"

Pilar schüttelte den Kopf mit einer Miene, als wollte sie sagen: Mama kapiert auch wirklich schwer!

„Ott!" Sie zeigte auf ihre Schuhe.

„Ott!" Sie wies auf die Himbeeren an der Gartenmauer.

„Ott!" Sie streckte den Zeigefinger nach Mamas Korallenohrringen aus.

„Komm schnell, hör dir das an!" schrie Mama ins Haus hinein, wo Papa am Klavier Stimmübungen machte. „Pilar sagt ihr erstes Wort in ihrer neuen Sprache!"

„Und das wäre? Wahrscheinlich Sch . . .?"

„ROT! Pilar sagt ROT!"

„Ott", wiederholte Pilar, mit sich selbst zufrieden, und nickte.

Mama und Papa küßten sie gerührt. Und Blanca, die auch geküßt und gelobt werden wollte, rief schnell: „Mist!"

Ans blaue Meer

Als die Schulferien begannen, konnte Pilar „rot" und „lau" (blau) und „üüün" (grün) sagen. Das war alles, obwohl sie alles verstand, was man ihr sagte. Blanca dagegen kannte schon viele Wörter, darunter einige, die man sich unter höflichen Leuten nicht sagt. Sie kannte sogar schon einen Satz: „Halt die Schnauze!" (Auch dieser Satz war, es muß erwähnt werden, zwischen Papa und Mama ungebräuchlich.)

An einem schönen Sommermorgen stiegen sie alle in Papas Auto. Mama war schon seit einem Tag sehr kribbelig, hatte viel herumgefegt und in Schubläden und Schränken gekramt; und nun trug Papa mehrere Koffer und Taschen ins Auto. Mama brachte Decken und Spielzeug an.

„Hast du auch meine Angel nicht vergessen?" rief Papa. „Und wo sind meine Gummistiefel?"

„Vorsichtshalber müßten die Kinder auch Pullover mitnehmen, man weiß nie", überlegte Mama und öffnete noch einmal den obersten Koffer.

„Hast du an die Sonnenhüte gedacht? Nimm trotzdem den Regenschirm mit . . ."

Es erwies sich, daß Papas Auto für die große Familie und das viele Gepäck reichlich eng war. Dolly, die wie immer als erste ins Auto sprang, nahm aus alter Gewohnheit fast den ganzen hinteren Sitz ein. Sie streckte sich so lang wie möglich und machte ihr dummdreistes Gesicht, entschlossen, jeden anderen Fahrgast so weit wie möglich in die Ecken zu drängen. Apollo war inzwischen von Tag zu Tag gewachsen und ebenso groß wie Dolly geworden. Wohin mit ihm?

Auch Max und Adam brauchten Platz. Sie wurden in einen großen Rohrkorb gesperrt, der vorn eine Öffnung mit Gittern hatte, aus der sie verzweifelt herausblickten und ihre Pfoten vorstreckten.

Endlich waren alle verstaut, zwei Kinder, zwei Hunde, zwei Katzen, viel Gepäck, das im Kofferraum keinen Platz mehr gefunden hatte, Mama und sogar Papa, für den ein schmales Plätzchen am Lenkrad übrigblieb. Das mußte man ihm lassen, denn ohne ihn konnte das Auto nicht abfahren.

„Fertig?" fragte er.

Sie fuhren los. Die Nachbarn blickten aus den Fenstern und winkten.

„Halt!" rief Mama.

Papa hielt.

„Ich habe das Wasser nicht abgestellt." Sie fuhren zur Haustür zurück. Mama kam gleich wieder. „Ich hatte es doch abgestellt", sagte sie.

Sie fuhren bis zur nächsten Straßenecke, da rief Blanca: „Pipi, Mama!"

Papas Gesicht wurde verkniffen.

„Schimpf nicht", tröstete Mama, „wir hätten sowieso noch mal umkehren müssen. Mir ist eingefallen, daß ich meine Brille vergessen habe."

Sie fuhren zurück. Die Nachbarn eilten zum dritten Mal ans Fenster.

Mama kam mit Blanca ins Auto zurück, da bemerkte Papa: „Wo ist eigentlich der Hausschlüssel?"

„Gut, daß du dran denkst", lobte Mama, „er steckt noch in der Haustür."

Sie stieg noch einmal aus dem Auto, holte den Schlüssel (wobei sie feststellte, daß die Tür nicht abgeschlossen war) und entschuldigte sich: „Es ist schließlich ganz neu, daß wir einen Hausschlüssel besitzen. Man ist noch nicht recht daran gewöhnt."

Eigentlich hatte Papa jede Hoffnung aufgegeben, jemals weiter als bis zur nächsten Straßenecke zu kommen. Aber diesmal schien kein Hindernis mehr zu bestehen. Also ging es los.

Sie fuhren auf die Landstraße hinaus, nur ein paar Kilometer, da erhob Adam die Stimme: „Mi — aaauuuu — miii — aaauuuuu!" schrie er schauerlich. Es ging einem durch Mark und Bein. „Miii-aaauuu!"

„Der arme Adam verträgt das Autofahren nicht", sagte Mama, „ihm ist schlecht, er wird sich erbrechen wie letztes Jahr. Halte an der nächsten Apotheke."

Sie machten sich auf die Suche nach einer Apotheke. Es gab ringsum alle Sorten von Geschäften, vom Fischgeschäft bis zu Strickmoden und Bastlerbedarf. Nur Apotheken gab es in dieser Gegend nicht. Währenddessen machte Adam Lärm, sprang im Korb gegen die Decke, alle zwanzig Krallen ausgestreckt. Max, der es sich im Korb recht gemütlich gemacht hatte, wurde böse und fauchte. Watsch! hatte Adam eine Ohrfeige weg. Eine Katzenschlacht entstand, so daß der Korb nur so durchs Auto trudelte. Apollo und Dolly bellten, und Pilar begann zu weinen, weil Adam, der ihr gehörte, so krank war und außerdem von Max verhauen wurde.

Sie fanden endlich eine Apotheke. Mama kaufte Pillen gegen Autokrankheit. Papa hielt Adam, der sich wehrte wie ein Teufel, Mama stopfte ihm die Tablette in den Hals. Nachdem er sie zwölfmal wieder ausgepuckt hatte, gelang es ihnen endlich, ihn zu überlisten. Mit zerkratzten Händen fuhren sie weiter. War es, daß die Tablette wirkte, war es, daß Adam erschöpft war, nach einigen Kilometern wurde sein Miau leiser, und schließlich sagte er gar nichts mehr.

Friede zog im Auto ein. Apollo saß auf Mamas Schoß. Die Kinder schauten zum Fenster hinaus. Papa summte eine Arie aus der „Traviata". Nur Dolly schubste noch immer heimlich nach allen Seiten. Alle waren zufrieden.

Da sie so spät abgefahren waren, war es auch bald wieder Zeit zum Mittagessen. Papa fuhr in einen Waldweg. Sie setzten sich ins Gras. Während Pilar und Blanca Blumen pflückten, holte Mama aus einem Korb Eier, Schinken, Brot und Obst, Papa holte eine Flasche Wein und Obstsaft hervor. Sie aßen und tranken, und Dolly und Apollo schnappten sich die Reste.

Dann fuhren sie weiter, mitten durch große Pinienwälder. Nach einer Weile hielten sie vor einem kleinen weißen Haus mit Garten, und Papa fragte: „Haben wir eigentlich den Schlüssel?"

Einen spannenden Augenblick lang schien es, als könne Papa den Schlüssel nicht finden. Doch nein, er lag unter dem Autositz, wer weiß, wie er da hingekommen war. Papa öffnete die Tür, und Mama leerte das Auto von

Kindern, Katzen und Hunden. Papa trug Koffer, Kästen, Körbe, Taschen, Angelruten, Gummistiefel, Sonnenhüte, Regenschirme und den ganzen Rest hinein.

Neugierig gingen Pilar und Blanca von Zimmer zu Zimmer. Da war auch wieder ein Zimmer für sie mit zwei kleinen Betten, die rote Decken hatten, und mit zwei kleinen Nachttischen und zwei Lampen. Sie brachten ihr Spielzeug herein und zerstreuten es auf dem Boden, und nun fühlten sie sich schon fast wie zu Hause.

„Alles fertig?" fragte Papa. „Dann gehen wir los, es ist gerade Zeit."

Papa und Mama nahmen Pilar und Blanca an der Hand und pfiffen Dolly und Apollo. Sie verließen den Garten. Ringsum standen zwischen hohen Pinien andere kleine weiße Häuser wie das ihre. Dann gingen sie durch feinen gelben Sand, in dem die Schuhe versanken. „Zieht die Schuhe aus!" riet Papa. Alle nahmen ihre Schuhe in die Hand. Höher und höher stiegen sie in dem gelben Sand, der warm unter den Fußsohlen war und von oben herabrutschte.

Dolly und Apollo liefen voraus und waren als erste ganz oben. Dort blieben sie stehen, bellten und wedelten mit dem Schwanz, als wollten sie sagen: Kommt schnell! Hier ist es fabelhaft, einfach fabelhaft!

Was gibt es dort wohl? dachte Pilar. Sie lief schneller, aber der Sand rutschte nach. Auf allen vieren kletterte sie das letzte Stück bergauf. Dann war sie oben angelangt.

„Aaaah!" machte sie nur.

Vor ihr lag ein großes Wasser. Wasser, so weit sie sehen konnte, bis zum Himmel ganz hinten. Es kam in

kleinen Wellen angelaufen, die sich hoben und mit leisem Klatschen in sich zusammenfielen. Wieder und wieder kam das Wasser angelaufen, ein wenig weiß oben, klatschte, zog sich zurück, zerrann, machte den gelben Sand feucht und dunkel. Zu ihren Füßen war noch ein breiter Streifen Sand, und sie sah, daß sie nicht allein waren. Viele buntgekleidete Leute saßen dort, Kinder spielten. Andere spielten und tanzten vorn im Wasser herum. Einige waren sogar so tief im Wasser, daß man nur ihre Köpfe sah. Die

Luft war erfüllt vom Lärm fröhlicher Stimmen, heller Sonnenschein lag über allem.

„Aaah", sagte sie noch einmal leiser. Ihr Gesicht nahm einen ernsten, verträumten Ausdruck an.

Mama und Papa kamen jetzt mit Blanca heran. Pilar fügte hinzu, indem sie auf das Wasser wies: „Lau!" Und noch einmal: „Lau!"

„Ja, blau, das Wasser ist blau, Pilar. Das ist das Meer. Meer!"

„Lau", wiederholte Pilar nur.

Sie gingen hinab bis an den Rand des Wassers. Es kam ihnen entgegengelaufen, unten dunkel und weiß oben, hob sich, überschlug sich, lief auseinander und umspülte ihre Füße. Es kitzelte, und Pilar und Blanca kreischten. Apollo und Dolly dagegen waren wasserscheu; jedesmal, wenn eine Welle angelaufen kam, sprangen sie zurück und bellten empört.

Papa wies Pilar darauf hin, daß es hier allerlei zu sammeln gab: „Steine! Das sind Steine! Schön gelb, rot und weiß! Und das sind Muscheln!"

Pilar und Blanca begannen zu sammeln, und Mama und Papa setzten sich in den Sand. Mama sah auf ihre Uhr. „Sie müssen bald kommen."

„Das wird eine Überraschung für die Kinder sein! Ich bin gespannt . . ."

Pilar bückte sich gerade, um eine besonders schöne, gelb und weiß gestreifte Muschel aufzuheben, da griff eine kleine braune Hand ebenfalls nach dieser Muschel und rief: „Meins!"

„Nein, meins!" schrie sie und blickte hoch.

Vor ihr stand Antonio. Er war größer und sogar etwas dicker geworden und sehr hübsch angezogen. Sofort ließ er die Muschel los und lachte.

„Guten Tag, Pilar! Das war nur Spaß! Ich habe dich gleich erkannt!"

„Antonio!" sagte Pilar.

Blanca sagte nichts, sondern öffnete nur erstaunt den Mund. Sie war zu klein, um sich zu erinnern, sie hatte Antonio schon vergessen. Pilar aber nicht. Hatten sie sich auf dem indianischen Markt nicht um manche Beute geschlagen, hatten sie nicht manches auch geteilt? Hatten sie nicht gemeinsam Eulalias Suppe gegessen? Und waren sie nicht schließlich gemeinsam in das Flugzeug gestiegen, das sie zu ihren Eltern gebracht hatte?

Sie nahm Antonio an der Hand, ganz aufgeregt führte sie ihn zu Papa und Mama, um ihn ihnen zu zeigen. Da sah sie, daß die Eltern von Antonio neben ihnen standen. Sie schüttelten sich die Hand.

„Das hat ja gut geklappt!"

„Haben Sie meinen Brief noch bekommen?"

„Sind Sie gut untergebracht?"

„Was für herrliches Wetter!" Und: „Oh, sind die Kinder gewachsen!"

Vier blonde rotbackige Kinder kamen angelaufen und umringten Pilar und Blanca. Zwei Mädchen, die ganz gleich aussahen, nahmen sofort Blanca auf den Arm, die kreischte und strampelte.

„Guck mal, Mama, ein richtiges Baby!" riefen Fanny und Annie. Antonio hatte ihnen nicht den Gefallen getan, sich in ein Baby zu verwandeln. Im Gegenteil, er war inzwischen zehn Zentimeter gewachsen, und seine dünnen krummen Beine waren auch dicker und ein bißchen gerader geworden. Auch der Zahn in der Mitte seines Mundes war nachgewachsen, und sein Haar war nicht mehr struppig, sondern glänzte rabenschwarz und glatt in der Sonne.

„Ein hübscher Junge ist Antonio jetzt!" lobte Mama.

„Und so intelligent!" riefen Monsieur und Madame Martin gleichzeitig. „Wissen Sie, daß er schon recht hübsch lesen und schreiben kann?"

Sie nickten Antonio stolz zu, der sofort anfing, Buchstaben in den Sand zu malen.

„Spricht er schon ein paar Worte Französisch?"

„Ein paar Worte? Er spricht alles, was Sie wollen, die längsten Sätze!"

„Sie machen uns ja ganz neidisch", sagte Papa.

Pilar zeigte Antonio ihre Muschelsammlung. „Drei Muscheln und drei Muscheln. Das sind sechs Muscheln", erklärte Antonio auf französich.

„Er kann schon bis zehn zählen", fuhr Monsieur Martin fort.

In diesem Augenblick flog am Himmel ein Flugzeug vorbei. Es flog ziemlich tief. Alle Leute hoben die Köpfe und sahen ihm nach, die Augen mit der Hand gegen die Sonne geschützt.

Ganz aufgeregt streckte Pilar ihren Zeigefinger in den Himmel. Sie sah sich wie hilfesuchend um. Ihr Mund spitzte sich, formte sich zu einem Rund, öffnete sich und schloß sich dann hilflos wieder. Alle sahen ihr den Kampf an. Mama hielt den Atem an.

Da brach es plötzlich aus ihr heraus. Ihr stummer und verschlossener Mund wollte sprechen.

„Was ist das?" fragte sie deutlich.

„Ein Flugzeug!" riefen Papa und Mama wie aus einem Munde.

„Ein Flugzeug!" wiederholte sie laut und klar. Pilar blickte um sich. Sie blickte auf Papa und Mama und auf Antonio und sagte:

„Pilar auch im Flugzeug."

„Ja, Pilar, du bist auch im Flugzeug geflogen", nickte Mama, die versuchte, ihre Erregung nicht zu zeigen.

„Und Blanca auch im Flugzeug", fuhr Pilar fort, „und Antonio. Und Mama auch."

„Ja, Mama auch."

„Aber Papa nicht."

„Wo war Papa denn?"

„Papa im Auto. Es fährt und fährt."

„Wohin?"

„Nach Haus."

„Waren Dolly und Apollo auch im Auto?"

„Nein, Haus. Und Adam und Max auch. Dann alle, alle Haus."

Mama flüsterte: „Ein Wunder!"

„Sie ist sehr intelligent", prahlte Papa, der sich schneller gefaßt hatte, „ich glaube, wenn sie so weitermacht, kann sie später studieren und Lehrerin werden."

Mama räusperte sich.

„Wenn ich groß bin", sagte Antonio, „steige ich wieder in ein Flugzeug und fliege nach Bogota. Das liegt dort hinten, hinter dem Wasser! Allen Kindern dort bringe ich dann viel zu essen mit. Und dann zeige ich ihnen Lesen und Schreiben und Zählen."

„Pilar auch", sagte Pilar.

Beide blickten dem Flugzeug nach, das sich in einem langen weißen Streifen am Himmel verlor.

Liebe Kinder!

Dies sind Ana-Pilar und Blanca-Yaneth mit ihrer Freundin Corinne, und ihre Geschichte ist wahr. Sie haben großes Glück gehabt, auch Antonio und die andern indianischen Kinder aus Kolumbien, die in französischen Familien eine Heimat gefunden haben. Aber es gibt unendlich viele Kinder in unserer Welt, die dieses Glück nicht haben: denn Krieg, Hunger und Armut schaffen unvorstellbares Elend. Aber jedes Kind hat ein Recht auf Leben und Glück, und diese Kinder können nichts dafür, daß sie in Armut geboren sind, so wenig wie ihr dafür könnt, daß es euch gut geht. Vielleicht wollt ihr wissen, wie man diesen Kindern helfen kann? Dann schreibt mir, ich antworte euch! Denn ich bin die Mutter von Ana-Pilar und Blanca-Yaneth.